U0014436

Color Me
染上你的顏色
依讀 著
Gene 繪

第一章　奶狗

說起約砲這件事，有時候還眞需要點運氣。

我瞧著坐在床上的壯漢，臉色鐵青。

面前的壯漢模樣粗獷，渾身都是肌肉，是我特別喜歡的那種類型，本人長相也跟約砲網站上的照片相符……但他的下面是怎麼回事？有超過一公分嗎？也太短了吧！是牙籤嗎！

只是陰莖短了點或許我還不會這麼氣，可當初約砲時他特別說自己「胯下有巨根」，這是哪裡巨了？這奈米屌只能幹細胞啊！根本已經算是騙砲了吧！

或許是發現我臉色不善，壯漢摸了摸自己細小的下體，挑逗似的說：「寶貝，你在做什麼？快過來啊。」

寶你媽啦！

我忍著一肚子的不滿，想了想後，還是趴到了賓館的床上。

都已經來了，衣服脫了，澡也洗了，還是多少做一下吧，說不定他等等會再長個十公分出來。

我自暴自棄地在心裡安慰自己，沒多久就感覺壯漢扶住我的腰，把細小的陰莖插了進來。

壯漢迅速地開始擺動熊腰，一邊動一邊說著：「整根插進去了，好爽！」

我一時之間眞不知該哭還是該笑。

整根插進來了？你確定嗎？一點感覺也沒有啊！完！全！沒！有！感！覺！

正當我猶豫著要不要乾脆喊停的時候，更糟的事情發生了。

壯漢的奈米屌拔出我的後庭，射出了幾滴精液，落在賓館的床上。

從插入到射精，中間應該不超過三十秒。

我感覺自己的理智線徹底斷裂，只是爲了避免登上社會新聞頭版，才沒衝上去掐死對方。

壯漢射精後就往旁邊一躺，根本沒管連勃起都沒有的我。他心滿意足地拍拍自己的陰莖，驕傲地說：「怎麼樣？我的技術不錯吧？」

「……你想聽實話嗎？」我的聲音冷得彷彿身處零度以下。

「說啊，我對稱讚一向來者不拒。」

「我寧可回家玩小黃瓜。」我保持著表面上的平靜，但丟出的每個字對他來說威力大概堪比核彈。

壯漢的臉色一下子變了，一陣青一陣白的，他咬著牙，以極度憤怒的語氣質問：

「你這是什麼意思？我前男友不是這麼說的，他每次都稱讚我做得很好。」

我只能憐憫地看著他，「你前男友當時一定很愛你。」

這簡單的一句話顯然瞬間擊碎了壯漢的玻璃心，他黑著臉翻身下床，快速穿衣，而後從褲子的口袋中撈出幾張百元鈔，直接撒在床上。

我知道他撒錢是爲了羞辱我，帶著點把我當成妓男的意思，不過我無所謂。

自尊心碎成渣渣的壯漢怒吼：「我告訴你，不要以爲自己多好！你的洞也早就被幹鬆了！」

「不，是你的下面太小，不是我的洞太鬆。」我聳聳肩，撿起床上的錢，「不過既然你要給我錢，那我就收下好了，當成是給我受傷心靈的一點補償。」

「你……你！」壯漢指著我，半晌才擠出一句話：「你完了！我要讓你從此身敗名裂！」

語畢，壯漢大力地甩門離開，獨留我一個人坐在床上。

就當賺一次外快算了。

我樂觀地心想，絲毫沒料到這是暴風雨前的最後寧靜。

同志圈其實不大，消息往往傳得很快。

我坐在美術系工作室的一角，手上拿著水彩的調色盤，試圖完成一幅風景畫。因爲正在繪製一個特別細微的地方，我屏氣凝神地貼近畫布，小心翼翼地塗上顏料。

這時王文強突然衝到了我身邊，對著我大喊：「顧曇！你到底做了什麼！」

我被嚇得手一歪，顏料塗到了旁邊。我忍不住哀號出聲，轉頭朝王文強罵道：「你發什麼神經！沒看到我在做作業嗎！」

說到這個王文強，還眞的是一段孽緣。

王文強和我同系，從大一時就常常坐在我隔壁，而且每堂課都和我借顏料。由於同爲圈內人，我們很快熟稔了起來，轉眼已經認識兩年多了。

「顧曇，你到底做了什麼？同志圈現在有個謠言，說你約砲不打緊，還跟上床的對象要錢！這是大忌啊！」王文強抓著我的袖子，緊張兮兮地說。

我有點不耐煩地反駁：「事情不是那樣，我那次約砲鬧得不怎麼愉快，最後對方撒了點錢在床上，不是我跟他要錢。」

「什麼？那你沒有把錢收下吧？」

「嗯，收了。」

王文強扶著額，崩潰地說：「爲什麼你收了！」

「不收白不收啊。」

「顧曇！你本來還有洗白的機會！現在你都承認了自己有拿錢，我看很難平反了！」

王文強拍拍我的肩膀，眼底全是憐憫，「顧曇，我恐怕幫不了你，你自求多福吧。」

我聳聳肩，滿不在乎。

一次約砲而已，哪可能有這麼大的影響？絕對是王文強擔心得太多了。

隨後我拿出手機，沒想到一打開就見到滿畫面洗版的惡意訊息。

笑容頓時在我的臉上凝固。

我錯了，事情確實有這麼嚴重。這幾天不知是誰人肉出我的個人資料，導致酸民蜂擁而來攻擊我。

這下我的日子恐怕難過了。

✦

身爲一個美術系學生，評圖永遠都是壓力最大的時刻。

教授佇立在我的畫架前方，撐著下巴，露出若有所思的表情，過了半晌才說：「顧曇，你畫圖的基本功很好，我之前就跟你說過了。但你的畫沒有靈魂，身爲一個讀美術的人，作品怎麼可以沒有靈魂呢！」

我嘆了口氣，說道：「教授，我這次已經換了一種新的上色方式，應該更有自己的特色……」

「不是！你怎麼沒聽懂呢？我不是說畫風特色或上色技法的問題！我說的是靈魂！

你懂嗎？靈魂！我在這幅畫裡面看不到你這個人的影子！」教授誇張地在半空中揮舞著雙手。

教授你這樣講我哪裡聽得懂啊！沒有靈魂到底是什麼虛無飄渺的概念！

我差點開口吐槽，好險最後一刻又把話吞了回去，轉而說道：「好，我會再回去想想的。」

「顧曇！你這次一定要想清楚！不要當個沒有靈魂的人！如果你在畫圖的時候沒放入靈魂，光有才華有什麼用呢！」教授指著我的畫，繼續以浮誇的語調表示。

這一刻，我忽然愣住了。

我是個沒有靈魂的人嗎？還是說我其實連才華都沒有？

我從未思考過這一點，當初只是因爲喜歡畫圖就進了美術系，壓根沒考慮過自己究竟有沒有才華，或者未來的出路是什麼。

說起來，我都已經大三了，或許眞的是時候想想這些事了。

帶著這般複雜的心情，我離開了工作室，往下一堂課的教室走去。

才沒走幾步，一個高䠷的身影忽然擋在我的面前。我擰著眉抬頭，見到一個略帶青澀氣息的青年。

對方長得挺不錯的，皮膚白淨、五官立體，眼睛的形狀相當好看，整張臉給人的感覺很舒服，而且除了身材高，他還有著恰到好處的肌肉，說是帥氣也不爲過。

我打量了下眼前的人，困惑地問：「怎麼了嗎？」

「顧曇學長，我是資管系大一的學弟，我叫林青凡。」青年顯得有些靦腆，講起話來很柔和。

「聽說學長你有在賣身？」

「哦，你找我有事嗎？」

我心中對這位學弟的評價瞬間掉到最低點。

我用冰冷的聲音淡淡詢問：「你從哪裡聽來的？」

「網路上傳得很凶，連你的學校和科系都爆出來了。」林青凡回答。

我點點頭，嘆了口氣，「其實這整件事都是個誤會，但我懶得解釋了，所以你要羞辱我的話隨意吧，不過說得簡短點，我趕時間。」

意外的，我居然並未感到太多不快。這麼多人在網路上對我口誅筆伐，卻還是第一次有人來到我面前，也算他有種。

林青凡愣了下，隨後羞澀地解釋：「不是的，我不是來攻擊學長的。」

「不然呢？難道你是來稱讚我的？」我不禁無奈。

「我是想請問……學長你可以跟我上床嗎？」林青凡抓了抓自己的一頭黑髮，又十分緊張似的補充：「我會付錢給你的。」

我愣然盯著他。

這傢伙到底在說什麼啊？這種帥哥會找不到人免費陪他上床？不可能的吧？

不過轉念一想，至少他還算挺有禮貌的，也不像是想傷害我的樣子。反正我本來就想再約砲，我們根本一拍即合。

思索了一會，最後我點點頭，「行啊，那我們約在哪裡？」

✦

看著面前的房子，我在心底發出「哇」的驚呼。

在學校附近住了三年，我卻從不知道這一帶有這樣的豪宅區，整個社區都是一間間的獨棟別墅，別墅前方還附帶小花園和停車位，隨隨便便就能看到雙B轎車在社區當中進出。

我又瞄了一眼學弟給我的住址，確定沒跑錯地方，這才伸手按了門旁的電鈴。

林青凡很快就來應門了，他把我領進家中，隨後讓我坐在沙發上。

我打量了下四周環境，這間房子光是客廳就比我的租屋處要大，沙發看上去是昂貴的皮質，前面還有一臺七十二吋的超大電視。

這傢伙家境是不是很好？居然租得起這種房子。

林青凡坐在我身邊，抓了抓烏黑的髮絲，有些無措地問：「學長，所以我該怎麼做？」

我不禁呆了一呆，訝異地回：「慢著，你從來沒有做愛過嗎？」

「對。」林青凡再度露出靦腆的笑容。

所以今天是請我來新手教學的啊！

我忽然有點頭痛，性愛這種事絕對需要練習和技巧，如果對方毫無經驗還真有點可怕。

但既然都來了，我也不想臨陣脫逃。緩了緩情緒後，我故作冷靜地說：「你先去拿潤滑液來，然後把褲子脫掉。」

「好！」林青凡點點頭，一下子就跑出客廳。

回來時，他不僅乖乖拿了潤滑液，連保險套都一併帶了過來。他在我面前脫下褲子，並緩緩地爲自己戴上保險套。

看見林青凡半勃起的下體，我整個人一怔，險些驚呼出聲。想到這挺立的堅硬肉棒等等就會進入我的後穴，我忽然被撩起了性慾。

我揉了揉自己的陰莖，迅速跟著褪去衣物，接著便躺到沙發上，張開自己的雙腿。

林青凡拿著潤滑液，慌張地問：「接下來我該怎麼辦？」

「把潤滑液倒到你的肉棒上！抹勻！」我沒好氣地指示，剛剛才升起的性慾又被澆熄了一半。

「不用先擴張嗎？我看到網路上說要先用手指擴張……」

「不用，我就喜歡粗暴一點的，你進來就是了。」我摸著自己的臀瓣，邀請似的掰開。

我已經太久沒有接觸別人的身體了，滿腦子的慾望凌駕了理性。

林青凡摸了摸自己脹大的下體，隨後趴了上來，一隻手撐在我的身側，另一隻手則扶著自己的肉棒，抵住我的洞口一下子插入。

粗魯的動作讓我忍不住悶哼一聲，趕緊提醒：「你慢點。」

「抱歉。」林青凡輕撫我的臉頰，立即放慢了速度，緩緩將陰莖整根插進我的身體裡。

被填滿的感覺很好，我滿足地嘆了口氣，感覺林青凡開始在我的體內胡亂地來回抽插，毫無技術可言。

我撫摸著他的腰側，循序漸進地引導：「現在你要找我的前列腺，你身體壓低一點，把陰莖上頂。」

「像這樣嗎？」林青凡聽話地換了個姿勢，他已經開始出汗了，晶瑩的汗水凝在他精緻的面龐上，略顯情色。

我點點頭，感覺粗大的性器在我的後穴中來回攪動，摩擦帶來的愉悅漸漸攀升，隨後一陣強烈的快感忽然直衝腦門。

我一瞬間沒忍住，一絲呻吟從唇角溢出，林青凡停了下來，睜著清澈的雙眼探問：「我是不是找到學長的敏感點了？」

「嗯……對……快點動，不要停……」我的雙腿纏上林青凡的腰肢，讓彼此更加緊密地結合。

林青凡的性器居然在我體內又脹大了一些，他像馬達一樣快速抽插著，每一下都直接撞上我舒服的地方。我環著林青凡的脖子，發燙的堅硬下體頂著他的小腹，每一次摩擦都令我險些射精。

林青凡喘著粗氣，一邊在我的體內橫衝直撞，一邊確認：「我這樣做對嗎？學長舒服嗎？」

「舒服……舒服……嗯，好深好硬……我要射了！」

我顫抖著弓起身子，精液從肉莖前端吐出，在林青凡的小腹留下一點濁白。高潮讓我的腸道跟著緊縮，林青凡被我夾得一時失神，嘶吼著增加了抽插的力道，我差點以爲自己會被捅穿。

沒多久他也咬著牙，射在了保險套裡，我摸著他結實的背部，感覺到他的下身一顫一顫的，射了很多出來。

林青凡將肉棒拔出我的身體，睜著雪亮的眼睛問：「我做得好嗎？」

那種想要別人誇讚的期待神情使我聯想到了狗，尤其是想求主人稱讚的小狗。

我摸了摸林青凡柔軟的黑髮，放軟了聲音說：「你做得很好。」這是實話。以一個新手來說，林青凡簡直是性愛的天才，技術完全不像初次上陣的人。

林青凡似乎十分開心，眼睛更亮了，他露出陽光的笑容，唇角微勾，撒嬌似的蹭了蹭我的頸窩，「謝謝學長。」

「不客氣。」我也笑了，感覺自己彷彿眞的養了一隻挺乖的狗。

林青凡撐起身子，目光一轉，忽然提問：「對了，抱歉我一直忘了問，學長這次價錢算多少？」

我頓時愣住了，都忘記這對他來說是一筆交易。

老實說，我也不清楚一般價碼到底是多少，琢磨了下後猶豫地說：「八百？」

「咦？這麼少……」

「一千，我的意思是一千。」我趕緊改口。

雖然我很明白自己毫無節操，被嫌廉價還是不能忍的。

林青凡露出狐疑的表情，但隨即起身離開沙發，拿了一千塊塞到我的手中。

我坐在皮沙發上，瞧了瞧手裡的千元大鈔，忍不住問他：「所以你爲什麼想找我破處？」

林青凡烏黑的眸子緊盯著我，嚴肅地說：「我有個喜歡的人，在跟他上床前我想多練習幾次，以免弄痛他。」

原來我是白老鼠？

我深吸一口氣，「那你也可以約砲啊，還不用花錢。」

「不了，我不想跟學長一樣，一個不小心就被人肉，弄得身敗名裂。」林青凡的語氣溫和平淡，卻字字直搗我的心窩。

這傢伙一定要這樣中傷我嗎？那次約砲是個意外啊！誰知道事情會變得這麼麻煩！

我捏著手中的鈔票，告訴自己拿人手短，都拿了錢就別亂對金主發脾氣。再度深吸幾口氣後，我又問：「你還沒跟喜歡的人做過，卻先找我上床，不怕你的對象心裡會有疙瘩？」

「哦，不會的，我還沒向他告白，只是未雨綢繆，以免我們乾柴烈火之下臨時需要上陣……」

「給我慢著！還沒告白就在爲上床做準備，這好像有哪裡不太對吧？」我傻眼了。

我非常希望林青凡是在跟我開玩笑，否則他根本就是個有點妄想傾向的變態吧？

林青凡稍微偏了偏頭，皺著眉，用依舊溫和的嗓音反問：「哪裡不對了？」

……我錯了，他不是在開玩笑，這傢伙眞的是變態。

我拍了拍林青凡的肩，露出複雜的眼神，「我明白了，那你繼續努力，我要去打工了。」

「等等，學長，我還有一件事想拜託你。」

「什麼？」

「明天可以跟我一起吃午餐嗎？我可以直接幫學長帶午餐到你的系館去。」

「你又要幹麼？」

「我找不到其他人聊感情的事，學長你可以幫幫我嗎？」林青凡抓住我的手腕，露出小奶狗般可憐兮兮的眼神，「我的朋友都不曉得我是同性戀，我還不想向他們出櫃。拜託你了，學長。」

我的第一個反應是想拒絕，誰要當一個不熟的學弟的戀愛諮詢顧問啊！

可是看著林青凡閃亮亮的大眼，我竟沒有狠下心拒絕，反而遲疑了一下，開口說道：「幫我帶鍋燒意麵。」

「好！謝謝學長！」林青凡眼睛一亮，又露出像狗狗得到稱讚後的開心神情。

我發現自己對他的那種表情一點抵抗力也沒有，這恐怕並不是好的徵兆。

✦

剛走出系館，我就看見林青凡站在中庭對我揮手。

我朝他打了聲招呼，然後領著他走進一間空教室。外頭的陽光夠亮了，所以我沒有再去開燈。

林青凡選了個靠窗的位子，我坐在他對面，一邊打開鍋燒意麵的碗蓋一邊問：「你想聊些什麼？」

「學長，我想先問一下，你之前談過的感情都維持多久？」林青凡開口，一副期待的樣子。

「我想想……第一任維持了四個月，第二任好像交往了兩個禮拜，後來有幾個一週內就分手了，我也不確定到底算不算在一起過。」

「……我錯了，我不該問學長的，肯定不會有什麼好建議。」

「喂，你這什麼意思？就算我戀愛談得不怎麼樣，也比你這個處男要強好嗎？」我反駁。

林青凡拆開竹筷，嘆了口氣，「也對，反正再怎麼糟，頂多就像學長這樣了，說不定可以當作反面教材。」

「你再不好好說話，信不信我把鍋燒意麵倒在你頭……」

我話才講到一半，林青凡忽然抓住我的手，激動萬分地說：「學長！他過來了！」

「誰？」我茫然地抬頭。

「我喜歡的人啊！他現在剛好走過來了，就是外面手上抱著書的那位！他叫白亦君。」林青凡眼神發亮。

我轉過頭，美術系館的隔壁是外語學院，常有抱著厚重書籍的外文系學生路過。一位戴著眼鏡的嬌小青年佇立在我們系館的中庭，陽光穿透葉隙，在他的身上凝成形狀各異的金色碎片。

白亦君的外表是還挺順眼的，而且看起來十分乖巧。我吹了聲口哨，撐著頭說：「長得滿可愛的嘛，你怎麼認識他的？你不是念資管系？」

「我們選了同一門通識課，我跟他同組。有一次他借了我東西，我當下覺得他好可愛啊，後來就喜歡上他了。」林青凡連語氣都帶上了一絲激動。

「就這樣？這樣你就喜歡上他了？」

「對啊。喜歡就喜歡，還需要什麼原因嗎？」

我一時之間居然不知該如何反駁。

這時，我察覺林青凡抓著我的手的力道越來越大，於是皺了下眉。他的呼吸有點紊亂，眼神也蒙上了一層情慾，身爲男人，我懂那是怎麼回事。

他勃起了！這樣也行啊！

扶著額，我無奈地說：「我不知道你想像了什麼，但拜託你冷靜點。」

林青凡彷彿沒把我的話給聽進去，轉過頭便說了句：「學長，你現在可以跟我做嗎？」

「不行，這邊是教室。」

「不會有人經過的，現在是午休時間，而且我們沒開燈，沒有人會注意到的。」林青凡起身靠過來，蹲在我的面前，抱住我的腰蹭了蹭，「拜託，學長，我想要。」

我嘆了口氣，莫名也有些被撩起慾望。我摸著他烏黑的髮絲，無奈地屈服了，「要就快點，等一下就有人來了。」

得到許可，林青凡眼睛一亮，再度露出那種單純的開心神情。他撒嬌似的親了下我的下巴，用乾淨的嗓音說：「學長最好了。」

我褪下褲子，轉了個身，變成趴在椅子上的姿勢，林青凡則跪在地上，從後面扶著我的腰，一點一點地進入我的體內。

林青凡似乎還不能很好地掌握力道，一開始仍是衝得太猛了，害我發出一聲不滿的悶哼，但他隨即反應過來，轉爲慢慢探入。

顯然我也教得不錯，林青凡學得很快，果眞是名師出高徒。

林青凡的手指纏上我的肉棒，溫柔地撫弄著，下半身持續在我的體內挺動。溫暖親密的感覺十分舒服，我忍不住隱忍地呻吟了幾聲。

「叫得大聲點，我想聽。」林青凡貼在我耳邊呢喃，溫熱的吐息噴在我的耳側。

「唔，別……這裡是教室……」我趴在椅子上，塑膠製的椅子隨著林青凡的不斷撞擊而移動。

「那就讓同學們都看看你這個樣子。」林青凡握住我的陰莖，迅速捋動，插在我體內的硬物也加快速度，帶來淫靡的肉體碰撞聲，還有一陣極度的快感。

林青凡瞄準了前列腺的位置，毫不憐惜地猛攻，過度強烈的快感竄上腦門，我緊緊抓著椅子，感受著後穴被粗暴撐開的愉悅，以及林青凡摩擦我下體的觸感，每一次都讓我的身子像融化了一樣舒服。

林青凡啃咬著我的頸子，留下一個個印記，我忍不住擺動臀部，只希望他能夠插得更深，狠狠地蹂躪我的身體。

隨著逐漸疊加的快感，我被一點一點推上了巔峰。林青凡將手指伸入我口中，讓我吸吮著，彷彿那就是他的陰莖。

「嗯……我……要去……」我喘著氣，話還沒說完就仰起頭，讓濁白的液體洩在林青凡手裡。

林青凡親吻著我的側臉，他增加了力道，進行最後幾次的撞擊，最後附在我耳邊說：「白亦君，我好喜歡你，亦君……亦君……」

我霎時一愣，剛高潮過後的腦袋還很混亂，不過我依然明白了林青凡並不是在叫我的名字。

這也正常，白亦君是他喜歡的人，而我只是他上床的對象。

林青凡抽出陰莖，喘著氣射在了衛生紙上，我則轉過身靠到椅子上，下半身一片狼藉。

空氣當中殘留著性愛的氣味，窗外透進的陽光灑落在林青凡臉上，令上頭的汗水晶瑩發亮。

林青凡穩了穩呼吸，湊上來親親我的臉頰，用依舊清澈的嗓音說：「謝謝學長。」

我擺擺手，隨後穿好褲子，坐回位子上。林青凡整理完自己和四周後，平靜地從錢包內抽出一千塊，放在我的手裡。

「這次的一千。」他溫和地說。

我收下紙鈔，此時鐘聲響起。林青凡訝異地瞧了眼手錶，接著對我說道：「我沒注意到午休結束了，等等有課，我得先走了。」

「你快去吧，鍋燒意麵也帶去吃。」我幫林青凡把鍋燒意麵的蓋子給蓋回去，他連動都沒動。

林青凡匆匆道了謝，我目送著他跑出教室。

獨自待在昏暗的教室裡，我注視著在微光下舞動的灰塵，又低頭看了看手裡的千元鈔，不知怎麼的心情有些複雜。

✦

周遭都是學生的嬉鬧聲，和餐盤碰撞的聲響，我坐在學生餐廳內，聽著王文強瘋狂地抱怨。

「你知道教授有多不可理喻嗎！他說我不夠努力，畫出來的東西都沒在用心！現在被退稿了，我全部都得重畫！」王文強攪著盤裡的義大利麵，把麵都剁爛了，有夠讓人倒胃口的。

我嘆了口氣，「你是沒用心沒錯啊，你的作品是半成品。」

「我又不是故意畫到睡著的！我只是靠著畫架兩分鐘就失去意識了，根本來不及畫完啊！」

「放輕鬆點，你只是被說沒用心而已，下次交完成品就好了，我可是被說畫圖沒有靈魂，我都不曉得自己到底錯在哪裡。」我無奈地說，眼角餘光正好捕捉到兩位並肩走進來的學生。

我立刻就注意到其中一個是白亦君，林青凡喜歡的那個同學。

白亦君依舊抱著一本厚重的外文書，全身散發出乾淨的氣息，而他身邊的女孩親暱地摸著他的臉，隨後湊過去偷親了一口白亦君的唇角。

我一下子看呆了，義大利麵的麵條從叉子上緩緩滑落。

不是吧？林青凡這傢伙追人之前不先調查的嗎？連對方已經有女朋友了都不知道！給我好好弄清楚再追啊，他是一戀愛就智商開根號了嗎！

王文強盯著定格的我，伸手到我面前揮了揮，困惑地問：「你魂還在嗎？」

我回過神來，沒好氣地說：「沒事，我只是發現有人注定要失戀了。」

「誰啊？誰要失戀？你嗎？」

「亂講話！」

我伸手想去敲王文強的頭，沒想到他冷不防整個人從座位上彈了起來，直接躲到了我身後，還把臉埋在手臂後方，簡直像怕被抓到的通緝犯。

我瞧著突然發神經的王文強，冷淡地說：「你在做什麼？畫圖畫到瘋掉了嗎？」

「噓！閉嘴！我們快走！」王文強埋著腦袋要我噤聲。

我覷著王文強後腦勺的棕髮，又嘆了一口氣，「你在躲誰？」

「沒在躲誰，你別再跟我說話了！」王文強把我從位子上拽起來，推著我往前，遮遮掩掩地走出餐廳。

「你都嚇成這樣了，還跟我說你沒在躲人？」

「沒有！我沒有在躲誰！」

王文強這麼嘴硬的態度眞是少見。

我滿心疑惑，但也沒打算追問，反正這人守不住祕密，等時機對了，他自然就會跑來自爆了。

隔天一下課，我接到了林青凡的訊息，他要我過去他家。我本來不太願意，然而終究拗不過他的軟磨硬泡，還一副被遺棄的小狗似的哀求，笨蛋如我就這麼前去赴約了。

顧曇啊顧曇，沒想到有一天你會被一個學弟給吃得死死的。

我坐在林青凡家的沙發上，看著他焦慮地在客廳裡踱來踱去，越看越覺得煩躁。

「林青凡，你要不要先坐下來？」我拍拍我旁邊的位置。

「學長，我想了很久，現在我決定了。」林青凡深吸一口氣，認眞地說：「我要去告白。」

我愣了下，心情頓時有些複雜。

昨天在學生餐廳目睹的畫面在腦海中重現，我盯著林青凡清澈的雙眸，莫名不忍心見到他告白被打槍。

思索了一會，我決定委婉地提醒：「林青凡，你有沒有想過……白亦君可能已經有女朋友了？」而且有女朋友的話，不就代表白亦君是直的嗎？

「爲什麼這麼說？他沒有女友啊，我前陣子才問過。」林青凡笑著回答。

我的腦袋一時轉不太過來。沒有女友？那我昨天看到的是什麼？幻覺？我睡太少連幻覺都出現了嗎？

我頓了頓，還是想不出個合理的解釋，最後只好說：「哦，那就好，那你去告白吧。」

「我好緊張啊學長！我不知道該怎麼說！可不可以用傳簡訊的方式告白就好？」林

青凡抓住我的手臂，整張臉皺成了一團。

見一個大男人怕成這樣，我頭痛地說：「不行！給我當面講！」

「那我該怎麼講？」

「你自然點，深呼吸。」我拍拍林青凡的臉，無奈地引導：「現在跟著我講一遍，『我喜歡你很久了，請你跟我交往』。」

「我喜歡你很久了，請你跟我交往。」林青凡抓著我的肩膀，聲音緊張得微微顫抖。

「你放鬆點，語速放慢點，再來一遍。」

這下我還眞的成了戀愛諮詢顧問，早知道還要包辦這種工作，一次就不能只收一千了。

林青凡摸摸自己的胸口，閉上眼，停滯了一下呼吸，再次睜開眼時，忽然整個人氣場都不一樣了。他用手指輕觸我的臉頰，以堅定的語氣說：「我喜歡你很久了，請你跟我交往。」

這一刻，我的心跳漏了一拍，看著林青凡烏黑的眼底，我像是被吸住了似的。

林青凡並不是我喜歡的類型，但我卻不知不覺心跳加速，臉上也升起熱度。

我摸了摸他的頭髮，像在拍著一隻大型犬，「這就對了，你做得很好。」

「眞的嗎？謝謝學長！」林青凡又恢復成原本青澀而溫順的模樣，他露出陽光的笑容，側身過來抱住我，誠懇地說：「那學長你願意跟我再做一次嗎？最後再陪我練習一次。」

我只覺得林青凡腦子可能眞的有問題，事到如今還對上床練習念念不忘。不過誰知道呢？說不定他能告白成功，還眞的會用上呢。

想到這裡，我不知怎麼的有些難受，僅是淡淡地說：「好吧，就再練習一次。」

「謝謝學長！」

「你不用每次上床都跟我說謝謝。」我嘆了口氣，同時脫去衣物。

林青凡把他的衣服甩在沙發下，裸著身子湊過來，親了下我的臉頰。我這才發現他從沒吻過我，最多就是咬咬我的頸子、親親我的臉，這一瞬間我忽然有點失落。

我想躺下，林青凡卻一把拉住我，認眞地開口：「這次可以試試看騎乘嗎？」

「也行，我都行。」我聳聳肩，並不在乎。

林青凡開心地輕咬我的耳根，接著從後面抱住我，我摸索著找到林青凡的陰莖，背對著他緩緩坐了下去。

我聽見林青凡的呼吸逐漸變得急促，他靠在我的背上，插在我體內的肉棒輕微顫動，炙熱地摩擦著我的腸壁。我抓住林青凡的手，帶到自己乳首的位置，渴求著他的碰觸。

被塡滿的歡愉令我興奮，我扭動腰肢，在林青凡的肉棒上來回移動，使勁讓他的肉棒挺進體內最深處。

「好爽……嗯……就是那裡……」我像是把林青凡當成了人形按摩棒，粗暴地在他的身上騎乘，渴求著他占領我身體裡的每個角落。

林青凡似乎也忍不住了，他從後方緊緊摟著我，發出情色的喘息，每次的撞擊都宛如一個烙印在我體內的吻，親密無間。

我靠在林青凡的胸口，幾縷汗溼的髮絲黏在我的前額，他愛撫著我的胸膛，貼在我耳邊溫柔地問：「怎麼突然不動了？」

「等等，我腰軟了。」我感覺自己的腸壁一抽一抽的，夾緊了林青凡的肉棒，陣陣快感衝擊使我身子癱軟，無法再激烈動作。

林青凡低低一笑，寵溺地說：「眞拿你沒辦法。」

他扶著我的腰，開始挺動下半身，那炙熱的陰莖用力撞著我的敏感點。因爲我正坐著，每一次肉莖都撐開了穴口，一直貫穿到最深處，我甚至能感受到睪丸拍擊著臀瓣的觸感。

「慢點……要壞……嗯……」我哀鳴著，被情慾侵蝕的大腦已經管不了那麼多了，我只想要林青凡，強烈渴望著他的全部。

林青凡的手指忽然碰上我的陰莖，冷不防對著小頭一摳，突如其來的快感讓我一時沒忍住，全射了出來。

明明已經射精了，我卻感覺還不夠。靠在林青凡身上，我低聲哀求：「我還要，再給我。」

「眞淫蕩。」林青凡抽出肉棒，然後把我放倒在沙發上，我整個人癱軟地趴著，林青凡從後面再次進入我的身體，強硬地抽插起來。

「射給我……」我大開著腿，讓林青凡的肉棒能更加容易插入。

林青凡抓住我的腰，使勁一挺，溫熱的液體隨即注入我的後穴。

這是林青凡第一次直接射在我體內，我莫名有點自豪，像是我贏了。比起那個白亦君，我才是第一個被林青凡射在體內的人——

我立刻就被自己的想法嚇到了。

毫無疑問的，我一瞬間對白亦君產生了強烈的嫉妒。我甩了甩頭，把這可怕的想法給甩掉，拚了命地提醒自己這是一段砲友關係，不要再把事情複雜化。

也許我該跟林青凡拉開點距離了，再這樣下去，我恐怕會玩火自焚。

林青凡沒有馬上把陰莖抽出，他靠在我身上，蹭了蹭我的髮絲，「這次我做得好嗎？」

「很好，你做得很好。」我仍趴在沙發上，雖然看不到林青凡的臉，還是能想像他的神情，睜得大大的雙眼，像一隻期待被稱讚的小奶狗。

「太好了！學長，眞的非常謝謝你！」

「說過了，你不用每次做完都跟我道謝。」

「我本來就該道謝的，這段時間一直麻煩學長，應該讓你很煩吧？我告白後就不會再來纏著學長了，我保證。」林青凡離開我的身體，語氣充滿眞誠的歉意。

我聽見他翻動物品的聲音，接著，一張千元紙鈔出現在我面前。

我突然感覺這就是我跟林青凡的距離了，一張千元鈔的距離。

彷彿有什麼東西從心底剝落，我不太確定那是什麼。我躊躇了下，最後還是收下鈔票，然後輕聲地說：「祝你告白順利。」

✦

學校裡到處掛起了繽紛的彩色旗幟，每個系館的前方都搭著小小的帳篷。

每年的校慶總是很熱鬧，各科系都會在系館前販賣各種小東西，除了美術系。美術系負責製作學校裡面的裝置藝術，然而時間逼近期末，本來作業就多到快爆肝了，現在還要弄裝置藝術，根本沒那個心力賣東西。

我跟王文強一起坐在草地上，頂著炙熱的陽光和三天沒睡飽的黑眼圈，往寶特瓶中倒水，並在水裡滴入不同顏色的顏料。

我們正在製作的是彩色風鈴，原本的想法是把寶特瓶懸掛起來，風吹過時就會發出碰撞的聲響，後來發現裝水的寶特瓶太重，風根本吹不動，但我們兩個都不想重新構思了，所以就繼續執行這個失敗的裝置藝術。

王文強一邊把紅色顏料用滴管滴進寶特瓶，一邊喃喃自語：「我上輩子到底是造了什麼孽，這輩子才淪落到要來讀美術系？」

「你隨時都可以轉系啊。」

「算了吧，我這樣子還是砍掉重練比較快。」王文強一臉厭世。

正當我們懷疑人生時，一個身影忽然走近我身邊，張手就開心地摟住我。

我的手一晃，幾滴黃色顏料濺到了衣服上。

「混蛋！誰啊！」我下意識地罵出聲。

抱住我的雙手鬆了鬆，林青凡熟悉的臉出現在面前，他睜著無辜的雙眸看我，「學長，怎麼了嗎？」

我愣了下，一時沒接上話。

我們已經大約一週沒見面了，林青凡身上熟悉的氣味竄入鼻腔，是淡淡的薄荷清香，讓我渾身竄起一陣細小的顫慄。

過了半晌我才反應過來，故作平靜地問：「好久不見，你怎麼在這裡？」

「這邊是資管系前面啊，我才想問學長怎麼在這裡呢！」林青凡蹲在我的旁邊，親暱地搭著我的肩膀，陽光凝在他的睫毛上，清澈的光線在他眼底流轉，很是好看。

我四下張望，這才發覺我們的裝置藝術確實就安排在資管系的系館附近，我完全沒意識到。

看來人眞的不能太久沒睡，畢竟我是在半睡半醒的狀態下走到這裡的。

放下手中的寶特瓶，我轉頭問林青凡：「你告白的結果怎麼樣了？」

「還沒告白呢，今天才要去！」林青凡神情興奮，「我成功把白亦君約出來了，我想事情會很順利的！」

「那……就先恭喜你了。」我努力地控制語調，卻還是掩不住一絲苦澀。

「謝謝學長！我先去上課了。」林青凡從口袋裡取出一片餅乾，放到我的手上，「這個給你。」

「這是什麼？」

「外文系校慶賣的餅乾，請學長吃吧。」林青凡留下這句話，朝我揮了揮手後一溜煙地跑了。

我注視著手中的餅乾，只能無奈地在心中嘆氣。

夠了，顧曇，別再陷下去了。

王文強注意到我微妙的神情，靠過來盯著我問：「剛剛那個是誰？」

「資管系的學弟。」

「長得還挺帥的啊，你們什麼關係？」

「砲友，不過他會給我錢。」

「等等，給錢？這不是砲友，這是嫖妓吧！顧雲你在想什麼啊！上次的教訓你還沒學會嗎？」王文強張大了嘴，下巴都快掉了。

「這是個很複雜的故事，我不想解釋。」我把寶特瓶拿回來，重新在裡面滴入黃色顏料。

「給我解釋啊！不可以八卦講一半就不講了，我會很在意！」

「不然這樣好了，先告訴我你最近到底在躲誰，作爲交換，我就告訴你整件事的來龍去脈。」

王文強被我堵得一時語塞，他瞪著我，一個字一個字地說：「顧雲，算你狠。」

「謝謝稱讚。」

我沒再理會王文強像要把我盯出個洞來的恐怖眼神，默默瞧著那抹淡黃顏料在水中優雅地漂浮擴散。

時間來到晚上十二點，我坐在林青凡的房間裡，打量著滿地酒瓶，覺得自己恐怕做了不妙的決定。

一個小時前，我好不容易和王文強弄完了裝置藝術，拖著疲憊的身體打算回家，半路上卻接到林青凡泣不成聲地打來電話。

然後我就跑到他家來了。

沒錯，我又這麼犯賤，但我就是沒辦法把他丟下不管。想到他可憐兮兮的眼神，我就不禁心軟。

看著醉倒在床上的林青凡，我低聲對自己說：「顧曇，你要不要乾脆去領養一隻眞正的狗好了？至少狗不會大半夜地把你叫來求安慰。」

林青凡把臉埋在枕頭中，一邊哭一邊含糊地說：「學長，我被拒絕了。」

我坐在床邊，拍了拍他的背，儘量冷靜地詢問：「怎麼了？」

「白亦君已經有女朋友了。」林青凡抽抽噎噎的，顯得無比沮喪。

我頓了頓，困惑地問：「什麼？你前陣子不是問過白亦君嗎？」

「對，不過我是一年前問的，我想他這一年內交了女朋友吧。」

我當下眞想直接從林青凡的腦袋巴下去。

所謂的前陣子是指一年前？就沒想過對方這段期間內有可能有交往對象嗎！究竟傻到什麼程度啊，更新一下情報好嗎！況且白亦君可是直的，就算沒對象也不見得會接受他啊！

可見到林青凡這副頹喪的樣子，我也不好再刺激他，只好揉了揉他的頭，「沒事，每個人總會失戀幾次的。」

「學長，你失戀的時候都怎麼辦？」林青凡從床上爬了起來，抓著我的手問。他的眼眶都哭紅了，還有幾滴淚水在眼底打轉。

我嘆了口氣，繼續摸摸他的髮絲，「沒怎麼辦，喝點酒，打幾次砲，忘掉就是了。」

林青凡聞言湊過來，靠在我的肩上，親了親我的下巴，帶著一點點的哭腔說：「那學長可以跟我做嗎？」

我明白自己該拒絕的。

這根本就是玩火自焚，誰答應了誰是白痴。

而我選擇當個白痴。

我將林青凡抱進懷中，輕輕吻著他小狗般蓬鬆的頭髮，林青凡心急地把我撲倒在床上，粗暴地扯去彼此的衣物，我的內褲似乎被扯壞了，雖然我不怎麼在乎。

林青凡身上酒味很濃，他蹭著我的面頰，淚水沾到我的臉上，有點涼。他的動作非常粗魯，宛如一隻在發洩痛苦的野獸，沒有前戲就用堅硬的陰莖硬生生捅進了我的體內。

我疼得咬緊了牙，冷汗沿著額角滑落，疼痛從我們結合的地方傳來，像漣漪一樣擴散至全身。我死命抓著林青凡的背部，用力得能留下指甲的掐痕。

林青凡使勁地摩擦我的甬道，明明沒有潤滑，我卻感覺後庭有點溼潤，多半是流血了，不過我沒喊停。

林青凡眼神迷茫，顯然酒精已經把他的神智帶走了大半。他扯著我的髮絲，頂撞著我的身體深處，一遍又一遍地說：「白亦君，我喜歡你，我好喜歡你。」

我的指甲又在林青凡背上掐得更緊了些，把他也掐得流血。這樣挺公平，他讓我流血，我也讓他流血，一報還一報。

凝視著林青凡醉到失神的模樣，我忽然笑了。我捧著他的臉，輕聲地說：「你就叫吧，你叫得再大聲白亦君也不會來的，現在是我在這裡，給我好好記清楚了。」

我知道林青凡醉得聽不清了，可我還是要說，這是我最後的掙扎。

疼痛逐漸吞噬了我的意識，直到昏過去前，我都還緊緊抓著林青凡的背，緊得像是不會再鬆開。

再次醒來時已經接近中午了，我渾身都不舒服，尤其是後穴。伸手過去一摸，乾涸的血漬稍稍染上指尖，所幸只是擦傷，不是撕裂，不然麻煩就大了。

林青凡躺在我身邊，依舊昏睡著，陽光落在他的面龐上，鍍上一層淡淡的光暈。

心底微微悸動，我轉身小心翼翼地移動到床邊，從帶來的後背包中撈出速寫本和一枝筆，看著林青凡畫了起來。

我仔細地在紙上勾勒出他臉部的線條，他英挺的鼻梁，他烏黑散亂的髮絲，他形狀好看的嘴唇，還有他緊閉著的雙眼，每一個細節都令我著迷。

畫到一半時，林青凡驀地睜開了眼，我跟他對上視線，連忙把速寫本蓋了起來。

林青凡用小狗般無辜的眼神盯著我，呆呆地問：「現在幾點了？」

我瞥了一眼床頭櫃上的鬧鐘，「已經十一點二十了。」

「十一點二十！完蛋了！我十一點半有個小組討論！」林青凡一下子從床上彈起，匆匆忙忙地下床，隨便從衣櫃中撈了衣服就往身上套。

他明顯還宿醉著，步伐有點不穩，我皺著眉，擔憂地問：「你這樣可以出門嗎？」

「可以的，我等等去喝點牛奶醒酒。」林青凡逞強著，臉色依舊很糟。

他拿起自己的背包，想了一下後從裡面拿出錢包，站到我面前，茫然地看著我。

我也茫然地看著他，「怎麼了？」

「我忘記昨天晚上做過幾次了，可以先算三千嗎？我錢包裡面就剩下這麼多了。」

林青凡把三千塊放到我面前，焦急地說：「抱歉，如果不夠的話我之後再補給學長，我已經遲到，要先走了。」

「林青凡！等等……」

我才剛出聲，房門就在我眼前關上。

注視著三張千元紙鈔，我嘆了口氣，對著自己把後半句話說完：「林青凡，你不要再給我錢了。」

這話只有我自己聽見了。

我把鈔票整理了一下，放在枕頭上，之後翻身下床。

我不想再拿錢了。

✦

還沒踏進王文強的工作室，我就聽見裡頭傳來爭執聲。

我在門前停下腳步，好奇地探頭望進去，只見王文強扯著一名紅色長髮青年的手，氣急敗壞地說：「還給我！把顏料還給我，不要幼稚了！」

長髮男子在美術系並不算少見，但眼前這位讓我一下子愣住了。

那是我們新來的助教，名叫劉弦，也是比我們大上好幾屆的學長。我們系上一般來說並不請助教，不過劉弦是個特例，他從小就被譽爲藝術界的天才，被各方大師捧在手掌心長大。

雖說是天才，美術系大部分的學生卻不怎麼喜歡他，接觸過劉弦的人都說他性格乖張。美術系的怪人比例本來就偏高，劉弦還能夠在其中脫穎而出，顯然是眞的很難相處了。

「小貓咪生氣了，眞可怕。」劉弦吹了聲口哨，揮揮手中的顏料，「親我一下，我就還給你。」

「親個頭！我沒咬你就很好了！」感覺王文強隨時都會撲上去掐死劉弦。

「哇，眞可怕，那你咬啊。」劉弦對著王文強挑釁似的伸手。

或許是一時氣不過，王文強竟眞的扯住劉弦的手，拉到嘴邊重重一咬。

看著王文強狗急跳牆的模樣，又看了看自己手臂上的牙印和口水，劉弦忽然大笑起來。他不但沒走，反而還捲起袖子，把整隻手伸到王文強面前，興奮地說：「你再咬一次！快點！咬到出血最好，這樣我身上就會永遠留下你的齒痕！」

這下我看不下去了，我直接闖入工作室當中，對著那兩人說：「你們到底在幹麼？別鬧了，助教，請你把顏料還給王文強。」

王文強朝我露出感激的表情，簡直像見到了救世主。

劉弦瞪了我一眼，彷彿在責怪我壞了他的興致。他把王文強的顏料往桌上一放，神情不滿，「算了，人多就不好玩了，再見。」

扔下這句話，劉弦悻悻然地離開。

在劉弦離開後，王文強還不敢直接去拿顏料，他躲在我身後，一直到走廊上的腳步聲遠去，他才衝過去把那管黑色顏料給攥進手中。

捧著顏料，王文強顫抖著聲音說：「黑色顏料，你終於回來了，我以爲自己再也見不到你了。」

見到王文強這副精神衰弱的樣子，我憐憫地拍拍他的肩，「所以你一直在躲的人是劉弦，對吧？」

「對，對，就是他。」王文強痛苦地承認。

「你確實該躲他沒錯。」

「當然要躲！劉弦是個瘋子啊！顧曇！你明白嗎！他瘋了！我都不知道他在幹麼！也不知道他在想什麼！」王文強瞪大的眼中布滿了血絲，他衝過來抓住我的肩膀，不斷地搖晃。

「冷靜點，現在看起來瘋的人是你。」我嘆了口氣，轉而問道：「你是怎麼被劉弦纏上的？他對其他人一點興趣都沒有，居然會來招惹你。」

王文強停了下，而後緩緩地問：「如果我說了，作爲交換，你也要跟我說林青凡的事情。」

聽到「林青凡」三個字，我的內心刺痛了一瞬，搖了搖頭，「那還是不要了，我不是很想聊他的事。」

王文強嗅到了八卦的味道，明明見我難受，他卻沒有放過我的意思，反而湊上來追問：「你和林青凡怎麼了？吵架了嗎？」

「你再問一句，我就出去把劉弦給叫回來。」

「不不不，別這樣，我們有話好說嘛。」王文強委屈地縮回去。

我滿意地一笑，直接換了話題：「明天要交的速寫你畫得怎麼樣了？」

「我還沒想好要畫什麼，你可以借我看一下嗎？」

「可以，但你別每次都拖到最後一刻才開始畫。」我把後背包放在桌上，摸索著想拿出速寫本，卻怎麼摸也沒找到。

……完了，我把速寫本忘在林青凡的床上了。

心情瞬間掉到谷底，我只能扶著額，無奈地說：「我的本子掉在林青凡家了。」

王文強瞪大眼睛，「等等，難道你剛剛在林青凡的家裡？你們兩個到底是……」

「別問，不然我走了。」我想了想，又補上一句：「我還會順便把劉弦叫回來。」

「幹麼這樣！不問就不問！」王文強癟著嘴。

能讓王文強如此聽話，我忽然覺得王文強有劉弦這個剋星也挺好的。

清脆的敲門聲從外頭響起，我拉下耳機，前去開門。林青凡站在外頭，手中抓著我的速寫本。

稍早發現把速寫本落在林青凡家中後，我並沒有再過去一趟取回，但林青凡回到家自然發現了，於是便說要替我送來，而我也沒理由拒絕。

見到林青凡，我不由得有些動搖，他身上依舊帶著我熟悉的氣味，小狗般烏黑的眼眸緊盯著我。

「學長，這是你掉的東西。」林青凡勾起嘴角，帶出一抹淺笑，用骨節分明的手把速寫本遞給我。

我接過本子，忽然有些心跳加速。

這眞是太蠢了，我又不是初戀，怎麼把自己搞得這麼青澀。

我低著頭，穩了穩氣息後說：「謝謝你。」

林青凡並未立刻離開，他繼續站在我的屋子門口，像是正猶豫著。過了半晌他才開口：「學長，我下個學期要出國留學。」

我抓著速寫本的手指收緊了些，語調不太自然：「是嗎？你什麼時候決定的？」

「去年就決定了，其實我早該去了，只是因爲想追白亦君的關係，才一拖再拖。」

林青凡抓抓頭，仍是那副靦腆的表情。

「那很好啊，怎麼突然跟我說這件事？」

林青凡用清澈的雙眼看我，「我只是在想……學長你會不會希望我留下來？」

我的心跳頓時漏了一拍。

這是什麼試探嗎？但他又不喜歡我，爲什麼這麼問？

我小心翼翼地選擇措辭，緩緩詢問：「如果我叫你留下來，你就會留下來了嗎？」

「不會啊，我都要走了，只是想聽學長你挽留我幾句。」林青凡笑著坦白。

我只能在心中苦笑著一嘆。

林青凡就是這樣，帶著一種孩子般的天眞，以及未經世事的殘忍。他不是故意的，那直接得近乎純粹的思維卻宛如玻璃碎片，每當我試圖靠近便弄得自己渾身是傷。

我沒挽留他，而是對著他微笑了下，「祝你一路順風。」

「學長你還眞的不留我啊？眞讓人難過。」林青凡掏了掏口袋，又拿出三張千元鈔放在我手裡，「最後一件事，這三千塊學長留在我的枕頭上忘記拿走了，所以我也幫你帶過來。」

我有些哭笑不得。

看看你，顧曇，當初別跟他上床不就好了，搞得現在淪落到這種境地。

我抓著手中的鈔票，沒再說什麼，僅是再度笑了笑，「謝謝你。」

「那就再見了，學長。」

「再見。」

林青凡靠過來抱住了我，我閉上眼，感受著髮絲溫柔地摩擦臉頰。他的身體十分溫暖、結實，讓人安心。

我忽然想問林青凡，問他願不願意跟我做愛，這次他不用給我錢了，我就只是想跟他單純地做上最後一次。

這是個瘋狂的想法，所以我終究沒開口，我不想再爲他犯傻又發瘋了。

林青凡率先鬆開了我，他笑著對我揮手，而後朝門外走去。我定定地凝視他的背影，只有三步的距離，卻感覺好遙遠。

在他離開後，我緩緩退回屋裡。

我把紙鈔和速寫本丟到桌上，接著在床上躺下，腦袋中一片空白。

林青凡抱著我的觸感殘留在身上，我能感覺到他身軀的溫度，以及乾淨的氣息。

想到這裡，我的呼吸有點亂了，我抱住自己，發覺下半身已經微微充血，半勃起著。

脫下褲子，我把手指探進自己的後穴，一點一點地深入。我想像著那是林青凡的陰莖，正從我的後庭挺入。

昨夜太過粗暴的性愛留下的傷自然還沒好，但那些微的疼痛猶如一種提醒，提醒著我林青凡曾經那樣粗暴地進入過我。

過去和林青凡做愛的場景在腦中重演，我清晰地記得他咬住我頸側的力度，他撞擊我體內的感覺，還有他的笑容、他的眼淚，他每一個細微的表情。

我的另一隻手撫上自己挺立的下體，模仿著林青凡愛撫的方式。仰著頭，我發出小小的呻吟，就和我們之前做愛的時候一樣。

「林青凡……」我最後還是忍不住喊了他的名字，甚至反覆喊了好幾遍，彷彿他還能聽見。

我使勁地用手指抽插自己的後穴，卻怎樣都複製不了被林青凡填滿的感覺，只好把注意力轉移到自己的陰莖上，瘋狂地上下摩擦，腦海裡全是林青凡的臉。

裡。

靠著想像林青凡，我終於射了出來，一股一股帶著腥味的濁白液體噴濺在我的手

我無力地瞧著自己的手，喃喃說了句：「眞空虛。」

或許這就是我們兩人的終點了。

第二章 重逢

才剛踏進教室，我就看見王文強拚了命地對我招手。

這堂是我們難得一起選上的通識課，我坐到王文強隔壁，而他用極度期待的閃亮眼神盯著我，「你知道我發現了什麼嗎？」

「不知道，我也不想知道。」我冷淡地答，拿出筆記本。

「問一下啦！你快問一下我！不要這麼難聊！」

我翻了個白眼，只好配合他，「你發現了什麼？」

「最近我認識了一群資管系的學生，你知道嗎？資管系裡面的GAY其實也還滿多……」

「講重點，拜託。」

「嘖，你真的很難聊。」王文強低聲抱怨了一句，但看見我不滿的眼神後馬上改口：「林青凡在資管系很有名！他是林氏大企業的么子，家裡有錢得要命！顧曇，真可惜你不能懷孕！」

我皺起眉，「這跟我能不能懷孕有什麼關係？」

「如果你能懷孕，那就能用孩子綁住這個金龜婿……」

「停，我不想了解了，我不該問的。」我扶著額，「不過經你這麼一說，林青凡確實住在豪宅區裡面。」

王文強拉著我的手臂，認眞地問：「他這麼有錢，你至少跟他上床會收費貴一點吧？」

「我開價一次一千。」

「天啊，顧曇，天啊，你怎麼可以放過這樣一個暴富的機會！一次跟他收一萬你就發了！」

「好了，夠了，我跟他上床不是出於金錢考量。」

講出這番話的瞬間，心底慢慢結痂的傷口像又被撕開了一條縫，微微地疼痛著，那種感覺應該叫做思念。

王文強困惑地瞧著我，「你跟他上床不是出於金錢考量？不然是什麼？你喜歡他？」

我怔住了，回憶一湧而上。我好像又聽見林青凡清澈的聲音，想起他髮絲摸起來的感覺，還有他那小狗般乖巧無辜的眼神。

「不，我不喜歡他。」我反駁，不知不覺地握緊拳頭，指甲都陷進了掌心。

王文強又盯著我的臉幾秒，最後搭著我的肩膀說：「你喜歡他，你的表情都變了，我確定你喜歡他。」

「不，我不喜歡。」我無奈地扯出一個笑容，「我不能承認自己喜歡他，承認了只會讓我更痛，林青凡已經準備要出國讀書，我沒希望了。」

王文強沉默了。過了一陣子，他才再度開口：「顧曇，你知道我不會安慰人，但我有個讓你忘掉林青凡的方法。」

「什麼方法？」

「回去約砲。你被網路霸凌的風波也差不多過了，就和以前一樣每天睡在不同男人的床上，早早忘掉林青凡吧。」

「……我不敢相信自己居然有你這樣的爛朋友。」我無言地撥掉王文強放在我肩上的手。

交友不慎啊！

✦

時間過得很快，轉眼我便升上了大四。

劉弦依舊是系上的助教，這天他審視著我的作品，默默擰起了眉，轉頭對我說：「顧曇，有人告訴過你，你的作品沒有靈魂嗎？」

「常有人那麼說，眞是謝謝你再次提醒我了。」我靠坐在一旁的椅子上，無奈地表示：「就不能把這當成我的一個特色嗎？看，我的特色就是沒有靈魂。」

劉弦盯著我，緩緩開口：「如果要我給你個建議，那就是轉系吧，你不適合讀美術。」

「我都大四了，現在才跟我說是不是有點晚？」

「總比畢業之後才知道好吧。」

我白了劉弦一眼，「如果你沒有要給我什麼實質的建議，我就先走了。」

「等等，讓我看看你的速寫本。」劉弦向我伸出手，「也許至少有一兩張能看的作品。」

我驀地有點心虛。

說起速寫這件事，我從大三下學期開始就時常偷懶，已經很久沒畫新的東西了。雖然每天都把速寫本帶著，但速寫本儼然變成了類似護身符的存在，完全沒在使用。

我硬著頭皮，從背包中抽出速寫本，交到劉弦手上。

劉弦開始一頁一頁翻閱，一邊翻一邊喃喃：「這不行，這也不行，這個……顧曇，你真的是讀美術的嗎？」

「是，我是讀美術的，而且別忘了，我還算是小你幾屆的學弟。」

「有你這樣的學弟，我都想回去把我的畢業證書撕了。」劉弦鄙夷地說。

我才想在這邊把你給撕了！

按捺著怒氣，我朝劉弦伸手，「算了，我懂了，我就是個沒有才華的人，不需要你再來羞辱我。」

「別急，你這張畫得滿好的。」劉弦把速寫本轉到我面前，淡淡表示：「我能感覺到你畫這張圖時的情感，不管這是誰，你該多畫畫他。」

看著那張圖，我像是忽然忘了怎麼呼吸。

那是林青凡的睡臉，我都忘記自己還有這樣的作品。

我短促地笑了下，尷尬地說：「可惜這位模特兒出國留學了，我們這輩子都不會再見面。」

「是嗎？那眞的是可惜了。」劉弦搖搖頭，把本子交還給我，又補了一句：「我是認眞地勸你，王文強已經夠差了，你居然還能比他更糟，我看你還是轉系吧。」

我眞的是修養好，才沒有直接把速寫本往劉弦臉上砸下去。

走出教室時，在門外等我的王文強立刻靠了過來。

見我臉色難看，王文強問道：「怎麼樣？跟劉弦的作品討論沒事吧？」

「我看起來像沒事的樣子嗎？」我鐵青著臉。

「說的也是，不過劉弦就那樣，你別放在心上。」王文強拍拍我的肩安慰。

「他說的其實有道理，就是直接了點。」我嘆了口氣。

正當我開始反省時，一個身影冷不防竄到我面前，二話不說就抱了上來，親暱地蹭了蹭我。

「學長，好久不見！」

我宛如當機了一般，瞬間僵住了。

熟悉的清香從那人身上傳來，臂膀環抱的力道既陌生又熟悉。我像個傻子似的抬起頭，呆呆盯著那張離我不到幾公分的面龐。

是林青凡，消失了整整一年後，他回來了。

我拍拍自己的臉，確定這不是幻覺。被他拋下的難受混雜著再次見到他的欣喜，吞噬了我體內的每個細胞。

過度波動的情感使我一時不知該如何反應，於是下意識地想逃離。我推開林青凡，拔腿就往另一個方向跑。

林青凡愣了一下，緊接著從後面追上來。

「你在幹麼！爲什麼要追我！」我一邊爬著樓梯，一邊朝後面慘叫。

「因爲學長你在跑啊！」

「我跑你就要追嗎！」

「對啊！不然呢！」林青凡的語調困惑，答得理所當然。

我沒有運動的習慣，才爬了一層樓梯就喘到不行，林青凡輕輕鬆鬆追上，從後面拉住了我。

我扶著額，無奈地問：「你不是出國了嗎？怎麼又回來了？」

「在臺灣還是住得比較習慣，而且在意的人也都在這裡。」林青凡靦腆地抓抓頭，一年不見，他似乎少了點青澀，身上多了一絲捉摸不定的氣質。

我趁著林青凡說話時掙脫，淡淡地說：「歡迎你回來。」

相較於我的冷淡，林青凡要熱情多了。

「學長！能再見到你眞好！」林青凡的眼眸亮晶晶的，像是萬分期待，「我這一年來都很想念學長！」

我內心刺痛了下。

有時候我眞討厭他直言不諱的勇氣。

我苦澀地回答：「嗯，能見到你也很好。」

「既然我回來了，之後我們就常常約出來玩吧。」

「不要。」我想都沒想便拒絕。

一年前的那些痛還那樣清晰，我可不想再經歷一遍。

聽了我的話，林青凡扯住我的手，哭喪著臉，「爲什麼？我做錯了什麼嗎？」

「不，你沒做錯什麼，我才做錯了。」我把手抽回來。

「那爲什麼學長不想再見我了？如果我有哪裡不對，至少讓我彌補吧！有什麼我可以做的事情嗎？」林青凡手足無措，又是一副被拋棄的小狗的樣子。

「沒有什麼你可以做……」話說到一半，我忽然打住。

劉弦要我多畫林青凡。

那如果我再畫一次林青凡，結果究竟會怎樣？

不管怎麼說，我畢竟是個從高中開始就讀美術的人，對於自己作品的要求還是有一些的，內心深處多多少少仍希望著能夠畫出被大家肯定的作品。

我盯著林青凡圓睜的烏黑眼眸，躊躇了一下後，低聲罵了句：「該死。」

「學長？」林青凡歪著頭，像隻乖巧的小狗。

「我還真的有事想請你幫忙。」我扶著額，不知怎的有些尷尬，「你可以當我的模特兒嗎？我會出模特兒的費用。」

說是模特兒的費用，其實也就是過去和林青凡上床後他給我的錢，我只是想順便找個藉口還他，兩不相欠。

林青凡的眼睛瞬間亮了起來，他再次撲上來，猶如受到了主人認可的小狗，興奮地說：「好啊！當然好！謝謝學長！」

「好了好了。」我推開林青凡，轉頭說道：「明天下午你有課嗎？我們直接約在工作室吧。」

隔日下午，林青凡依約來到工作室。或許是因爲第一次踏入美術系的工作室，眼前的林青凡興奮得有點失控，坐在小圓凳上動來動去的，彷彿屁股長蟲。

林青凡撐著椅子，興沖沖地說：「學長，學長，我要擺什麼動作好？需要脫衣服嗎？」

「不，拜託，你別脫！」

「眞的嗎？但我聽說美術系學生都喜歡畫裸體，要我脫也沒問題的。」林青凡說著就要開始脫褲子。

我衝過去壓住他的手，咬著牙吐出三個字：「不准脫。」

是嫌我還不夠狼狽嗎！脫衣服是要考驗我的自制力嗎！

不能脫衣服讓林青凡有點失望，他把手縮了回去，「所以我就只能乖乖坐著？」

爲什麼這麼想脫衣服啊！誰說當模特兒一定要脫的！

「對，拜託你坐著就好。」我無奈地走回畫架旁，開始打草稿。

林青凡側坐在椅子上，他沒有看我這個方向，我倒也不介意，林青凡現在這個姿勢滿自然的。

我很喜歡他這樣單純坐著的模樣，他的頭偏向一側，注視著一縷落在地上的陽光，外頭天氣挺好，金色的光線凝在他半垂的睫毛上，閃閃發亮。

光是這樣遠遠注視著他，我就莫名有些心跳加速。

我的心情紊亂起來，草稿打好了後又全數擦掉，如此反反覆覆好幾遍，都忘記自己該看著林青凡畫，反而直盯著畫布糾結。

「學長，你還好嗎？」林青凡的聲音忽然從頭頂上傳來。

我嚇得猛然抬頭，跟林青凡的腦袋撞在一起。我抱著頭，大聲抗議：「你怎麼跑來這邊了！」

「學長似乎很煩惱的樣子，我就過來看一下嘛。」林青凡委屈地皺起臉。

我放下筆，甩了甩手後索性承認：「好吧，我畫不出來。」

「怎麼了？你心情不好？」

「就當作是心情不好吧。」我微微苦笑，拉了把椅子坐下。

林青凡坐到我身旁的桌子上，絞扭了一下手指後開口：「學長，我可以問你個問題嗎？」

「問吧。」

「其實我一直想問，學長你爲什麼會想到處找人上床呢？」

我頓時失笑，思索了一會，覺得也沒什麼好隱瞞的，於是淡淡地反問：「你有害死過人嗎？」

林青凡略一遲疑，居然沒有搖頭否認。

我靠上椅背，自顧自地繼續說：「我有。我害死了自己的雙胞胎弟弟，他叫做顧寧。直到現在，我都還記得那是在十一月的某個晚上，顧寧傳了訊息給我，說他很寂寞，要我回去陪他。但我當時在外面有事，就沒趕回去。」

「結果呢？」

「結果，他那天晚上死了，自殺。」我嘆了口氣，「那是他最後的求救訊號，我卻沒有理他，所以算是我殺了他，對嗎？」

「不是的。」林青凡擰著眉，我從沒見過他這副樣子，猶如萬分心疼。

「不管怎樣，從那之後，我就再也無法擺脫那種罪惡感，就好像我親手殺了他一樣。」我豎起手指，自嘲地一勾嘴角，「只有兩件事可以讓我忘掉顧寧逝去的事實，一個是畫畫，另一個是做愛。只有這兩件事才能……才能……」

我一時找不到詞彙，林青凡幫我接了下去：「才能填補你？」

我愣了愣，不過他的說法挺精確的，於是我點點頭，重複了一遍：「對，填補我。」

得知顧寧逝去的時候，我感覺自己整個人都碎了，碎成了上萬片細小的碎片。

我花了好久的時間一點一點把自己蒐集回來，試著重組。可是有些碎片怎樣都找不回來了，心裡面彷彿破了個洞，迫使我用畫圖和性愛去塞滿那個空虛的無底洞。

顧寧本來不會離開我的，我深深明白這件事，我跟他長著一模一樣的臉。每當我看進鏡子當中，就會想起曾經有個人，我能救他，但我沒做到。

這已經是好幾年前發生的事，然而那種整個人碎掉的感受依舊清晰。

我手中抓著鉛筆轉了一圈，無奈地說：「我真的畫不下去了，我們可以改天再約嗎？」

「好啊，當然可以。」林青凡伸手抱住我，溫柔地說：「接下來學長想要去哪？不管去哪我都陪你去。」

「你不是還有課嗎？才剛回來就蹺課不好吧？」

「管他的，當然是學長比較重要。」

我的心漏跳了一拍，過了一會才問：「那你願意陪我喝酒嗎？」

林青凡興高采烈地點頭。

其實我很少喝酒，因爲我的酒量非常之差，酒品也是。

我對此心知肚明，卻還是叫林青凡把我帶到酒吧去了。是的，我很欠揍，我需要一個人把我帶回家，起碼不會被撿屍。

兩杯啤酒下肚，我就整個人歪倒在櫃檯邊，站都站不起來。

林青凡坐在我隔壁，我迷迷糊糊地猜想他白眼大概都快翻上去了。他的酒量也不算特別好，不過喝了兩杯長島冰茶還沒倒下去，已經比我要強上十倍。

「學長，學長，你醒醒。」林青凡搖了搖我的肩，無奈地說：「跟你出來喝酒還眞省，沒幾杯就醉成這樣。」

「胡說！我沒事！我還能喝！」我軟軟地拍打著林青凡的手臂。

「你都沒辦法走直線了，還想要繼續喝？」

「我沒醉我沒醉……嘔……」話說到一半，我摀住了嘴，有不妙的東西從食道湧了上來。

林青凡低低咒罵一聲，似乎是髒話，我還是第一次聽見他說髒話，挺新奇的，所以忍不住笑了起來。

「學長，你還有時間笑！」林青凡把我整個人掛到肩上，直接就往廁所衝。

三十秒後，我被推到了廁間裡面，隨即對著馬桶狂吐。

我都忘了自己喝醉酒還會吐，簡直只有一個慘字能形容。

好不容易把胃裡的東西都給吐了出來，我踉蹌地站起身，醉得險些連門都打不開。折騰了半天才走出廁所，卻發現林青凡不見了。

「……林青凡？」我扶著走廊的牆壁，渾身無力，「林青凡？你去哪了？」

我左顧右盼了一會，身子隨時都有可能直接癱軟下去。

一個高大的身影忽然出現在我身後，二話不說抱住了我。雖然意識有些朦朧，我仍察覺到對方是個陌生人，頓時嚇得想叫，嘴巴卻被摀住了。

有沒有搞錯，這邊是酒吧，四處都是人……這傢伙打算強行把我帶走？我都還沒完全倒下去，是有沒有這麼急啊……

正當我徒勞地掙扎時，林青凡回來了。他沉著臉，伸手就給了抱著我的陌生人一拳。陌生人鬆開手，我站立不穩地倒在地上，聽見林青凡怒罵了一連串髒話，面目猙獰得像隨時會撲上去咬死對方。

這哪裡還是原本那小奶狗的樣子，根本就是狼犬，而且聽他揍在對方臉上的聲音，少說也揍斷鼻梁了吧。

我躺在地上，不知怎麼的笑了出來。可能因爲林青凡是爲了保護我才那麼做，所以莫名的心情挺好。

之後，林青凡把我從地上拉起，讓我靠在他身上。我本來還傻笑著，卻在看到林青凡的表情後斂起了笑容。

林青凡的表情十分恐怖，整個人散發出危險的強烈低氣壓。

我被他半拖半拉地帶到酒吧外面，這時已經是晚上了。林青凡把我扯到對面公園裡的長椅旁，逼我坐下。

他朝我靠過來，嚴肅地說：「學長，你知道剛剛有多危險嗎？你這麼容易醉，以後還是別來酒吧了，在家喝就好。」

我笑了下，想都沒想就答：「你爲什麼在乎？就算我眞的被撿屍、被誰上了，也沒關係吧，我是男的，又不會懷孕……」

「顧曇學長！」林青凡抓住我的肩膀，打斷了我的話，「你不要說這種話！」

我睜著迷茫的醉眼盯著林青凡，他的表情像是心疼，又像是無助。可能我眞的太醉了吧，連他眞正的表情是什麼都看不清楚了。

我牽了牽嘴角，揚不起一個完整的笑容。

嘆了口氣，我轉而伸手摸著林青凡的側臉。月光勾勒出他的五官，我感覺自己又陷下去了，和傻子一樣。

「林青凡，我們以後還是不要見面了吧，你看我現在這個樣子，多狼狽。」我的手指輕觸著林青凡的臉頰，他的肌膚溫暖而柔軟。

我是那麼的喜歡他，喜歡到心都痛了，喜歡到不惜被當成替代品也要待在他身邊，像個荒唐的小丑般繞著他打轉。

正因如此，我才更應該離開。

林青凡愣愣看著我，似乎困惑不已，「爲什麼不能見面了？我還想待在學長身邊啊！」

我只能暗自嘆氣。

他不懂，我想也是，這才是林青凡該有的樣子。如此天眞的語氣，卻把我傷得體無完膚。

我收回手，感受著林青凡殘留在我指尖的溫度，很慢地說：「我只是不想再受傷了。」

「受什麼傷？」林青凡有點急了，聲音都微微變調，「學長今天老是說些奇怪的話，我眞的不懂！」

「總之，你別再來見我了。」我笑了笑，說出這句話的瞬間忽然感到前所未有的輕鬆。

說到底，會這麼痛苦都只是由於放不下罷了，這次眞的鬆手了，我想也可以結束了。

林青凡忽然陷入沉默，他支著頭思索了幾秒，之後悶聲開口：「我不要。」

「什麼？」

「我不要這樣跟學長絕交。」林青凡皺著眉，壓著嗓音認眞地表示：「學長對我來說很重要，怎麼可以說絕交就絕交？」

「你……」我氣得一口血差點吐出來。

這人是不是缺乏同理心！都說到這分上了，我的糾結他難道一點感覺也沒有嗎！

我扶著額，不知該因爲荒謬而放聲大笑，還是該因爲無助而放聲大哭。

就在我掙扎不已的時候，林青凡伸手環住我的腰，用一貫天眞的語氣說：「學長好像酒醒得差不多了，我送你回去吧。」

「不用不用不用。」

我死命地想掙脫林青凡的掌控，沒想到他的力氣那麼大，我怎樣也甩不開，他輕輕鬆鬆地就摟著我的腰起身，往來時的路走去。

林青凡的體溫很暖，那個溫度讓我的心底再度重重波動了一下。

我搖了搖頭，一遍遍地告訴自己別再爲他心動。

林青凡把臉靠在我的肩上，用很低的聲音說：「雖然不懂學長究竟爲什麼想跟我絕交，但我之後會很乖的，也會對學長很好，絕對不會再惹學長生氣，所以絕交的事學長別再提了。」

我心底的疙瘩化開了一點點，點了點頭，又搖了搖頭，不曉得該做何反應，忽然覺得自己可笑又心酸。

那番話聽上去太過美好，我幾乎就要相信了他。

✦

身爲美術系的學生，就沒有一個禮拜是不爆肝的。

我的手在畫紙上機械式地移動，努力勾勒出前方靜物的外型，不過昨晚我只睡了兩小時，越畫眼皮越是沉重，最後我握著筆，就這樣定格在了座位上。

當一個人想睡到極致的時候，沒有什麼事是可以阻止的。

「學長！學長你醒醒！太誇張了吧，這樣也能睡……」林青凡擔憂的聲音忽然從身側傳來，我感覺自己被抓著肩膀用力晃了幾下。

我勉強撐開眼皮，發現自己的筆在畫布上拖曳出了一條扭曲的黑線，八成是失去意識後畫出來的，一點印象也沒有。

對於林青凡的出現，我或許反應該更大一點，然而睡意讓我的感官都變得遲鈍，所以我僅是直勾勾地盯著他的臉瞧。

他還是一樣好看，尤其是眼睛，清澈得宛如毫無雜質，只是我每見他一次，心臟就疼得不像話。

林青凡擰著眉看我，語氣十分擔心：「學長，你要不要去旁邊趴著睡一下？雖然你的黑眼圈一直很重，可是現在的你看起來太誇張了，簡直像剛被揍過。」

「沒關係，我很好，讀美術不就是要犧牲新鮮的肝嗎？」我自暴自棄地拍了下自己的腦袋，希望可以利用疼痛讓自己清醒一點。

「學長，你這樣不行，你知道睡得少的人也死得早嗎？」林青凡嚴肅地勸我，「你明明還有大把的日子要過，如果年紀輕輕就一身病，那後半輩子都會很難過的，老了可能還要插管……」

林青凡絮絮叨叨地碎念著，見他這麼關心我，我忍不住有些開心，開心完之後又對自己的心動感到鬱悶，心情像坐雲霄飛車一樣，上上下下地亂竄。

「好了，停，我知道了，我等等就去旁邊睡一會，你不要再念了。」我扶著腦袋，打斷了林青凡，同時換了個話題，「你跑來做什麼？」

林青凡彷彿驀地想起正事，連忙從口袋中掏出一張邀請函，遞到我的面前，「這個，我想問學長有沒有興趣跟我一起參加？」

「什麼東西……」我嘟噥著接過邀請函，由於還沒完全清醒，我一開始沒反應過來，直到打開邀請函後，才用力地倒抽了一口氣。

這是一封藝術圈內傳說級的高級畫展邀請函，只有上流社會的極少數人才能收到，一般人根本進不去。

我呆呆地闔上邀請函，瞪大了眼睛看著林青凡，「你從哪裡弄來這東西的？你沒做什麼壞事吧？」

「我是正當手段拿到的，這個畫展我本來就每年都會參加啊。」林青凡傻傻地回答，「學長想去嗎？」

聞言，我瞬間徹底醒了，還險些喊出聲來。林青凡這話要是說出去，一大票美術系學生都要尖叫了，可能連系上教授都會嫉妒而死。

我又把邀請函打開一次，接著眞的喊了出來：「不可能！這可是連許多藝術界人士都拿不到的邀請函！你年年參加？」

林青凡乾笑了一下，有些尷尬地表示：「因爲我家剛好有贊助一點這個畫展……」

這下我恍然大悟。

說「贊助一點」恐怕是委婉了，據我所知，林氏企業一直都是這個畫展的最大贊助商，林青凡年年受邀也不意外，我看他們家族大概人手一張邀請函。

對我來說，能夠堂堂正正參加一次這種畫展，夠我炫耀一輩子了。

林青凡抓了抓髮絲，略顯擔憂地問：「所以……學長你願意跟我一起去畫展嗎？」

我的內心頓時天人交戰。

顧曇！拒絕他！不要落入這種明顯的陷阱，到時候又把自己搞得那麼悲慘！

我捏著邀請函，感覺自己的指尖都在發顫，理智要我把邀請函交還，欲望卻不准。

這麼難得的畫展，可能我這輩子就只有這次機會能參加了。

「我……去……」我咬著牙，幾乎是從牙縫裡面擠出問句：「我……要穿多正式的服裝去？」

「哦，別擔心，其實多數人都穿得很隨興，畢竟是去看畫的，舒服就好。」林青凡笑了笑，隨後又加上一句：「不然由我幫學長訂製西裝也行，反正本來就是我邀請你的……」

「不用麻煩了，我知道該怎麼穿了。」我提高音量，打斷了林青凡。

開什麼玩笑，林青凡口中的訂製西裝一套恐怕至少萬元起跳，欠這種人情太沉重了。

「沒關係吧，小錢而已。」林青凡嘟囔著，他瞥了眼牆上的掛鐘，隨後站起身說道：「午休時間快過了，我們畫展見。」

我點點頭，見林青凡臉上揚起大大的笑容，我忍不住又問了一句：「你幹麼？突然笑得這麼開心？」

「沒事，只是學長答應要跟我一起去畫展，所以我們算是和好了，對嗎？」林青凡天眞地說，眼睛都笑瞇了。

我呼吸一滯，呆望著林青凡一邊揮手一邊跑出畫室。

身子僵直了幾秒，之後我慢慢地往前彎下腰，把頭抵在面前的畫架上。

眞是敗給這個人了。

✦

林青凡這個混蛋居然騙我！

才剛踏進畫展的場地，我的心底就冒出一大串髒話。

不是說大家都隨便穿嗎！哪裡隨便了！參加者清一色的西裝和晚禮服，連飲料都是高級香檳，一杯的價錢可以抵我一週生活費的那種！

我看了看自己身上的白襯衫和黑長褲，覺得自己乾脆混進廚房當服務生好了，起碼不會這麼丟臉。

走在我身側的林青凡穿了一套深藍色西裝，還難得梳齊頭髮，多了點紳士的氣質。只不過打從進入會場開始，他就緊抿著嘴，眉宇間透出嚴肅。

我偷偷湊近林青凡，瞄了眼他西裝上的小標籤，不看還好，一看我差點罵出聲。

這不是那個貴得要死的西裝名牌嗎！不要騙我讀書少！叫我隨便穿，結果自己卻穿得人模人樣的過來，林青凡你這個叛徒！

我扯了扯林青凡的手臂，黑著臉抗議：「你不是叫我隨便穿？結果除了我以外的人都正式著裝，這是要我情何以堪！我都以爲自己走錯會場了！」

林青凡轉過頭，看著我的時候神情柔和了許多，戾氣也少了些，「嗯？學長你穿的沒問題啊，哪有人正式著裝？」

「全部的人！包括你！你身上這套還不算正式著裝？」

林青凡拉了拉自己的西裝衣領，皺著眉說：「不算吧，這是我隨便從衣櫃裡抽出來的。」

一陣深深的無力感撲面而來。

對了，這傢伙畢竟是林氏企業的公子，我怎麼老是忘記這件事？難怪他會覺得全場都隨便穿而已，金錢觀完全不是同個級別的。

我實在找不到合適的話語反駁他，只能暗自在心底品嘗身爲市井小民的悲哀。

正當我感慨著金錢的力量時，有個中年男子叫住了林青凡，一開口就是油腔滑調的招呼：「這不是林氏企業的小少爺嗎？好久不見啊。」

林青凡的表情瞬間轉為冷淡，甚至可以說是厭煩。我從沒見過他這個模樣，頓時暗暗心驚。

帶著一絲不情願，林青凡轉過頭去，對著那名中年男子說：「陳叔好，我們確實有幾年沒見了。」

「你都這麼大了，打算回家接家業了嗎？」陳叔笑著又丟出問題。

「我還有一年多才畢業，家業方面家裡已有安排，請您不用擔心。」

「這樣啊，我只是想提醒你一下，畢竟林氏企業最近狀況不太好，勸你別回來接，否則整個家族毀在你手中就不好了，懂嗎？聽說你手上股權挺多，快賣了以免變壁紙吧。」中年男子依舊笑著，他拍拍林青凡的肩膀，說出的話卻每一句都帶著惡意。

我驀地怒火中燒，見對方轉身準備離開，我忍不住說了句：「喂……」

林青凡卻擋下我，語氣異常冷靜：「沒關係。」

我還想反駁些什麼，但一群婦人忽然圍了上來，簇擁著林青凡一陣寒暄。

果然是林氏企業的公子，一進場就跟明星似的，也不知這些人是真的認識他，還是想拉關係。

我被夾在貴婦們中間，完全插不上話，林青凡也忙著交際，根本沒空理我。最後我只能摸摸鼻子，偷偷鑽出人群，自己先繞進展場中看畫去了。

雖然外頭擠成一團，展場當中人倒是挺稀疏的，顯然大部分的參加者並不是爲了看畫，只是把畫展當成大型的上流階層交流會。或許他們確實會買幾幅畫回去，不過也比較像是投資吧。

我拿了兩杯香檳，心想著這可能是我這輩子喝過最貴的飲料了，不喝白不喝，之後就端著杯子慢慢逛著展場。

場地布置得相當精美，然而作品並不多，這讓我有幾分失望。看來這個畫展恐怕只是名氣大而已，被過度吹捧才使人以爲特別珍貴。

我做了個深呼吸，覺得有點悶，於是開始往回走。走廊另一端的底部有個陽臺，來到陽臺後，我一屁股坐在了地板上，吹著微冷的夜風，一口氣喝完了兩杯香檳。

極差的酒量讓我沒幾分鐘就開始頭暈，我靠著一旁的欄杆，放遠目光。這場畫展包了高級酒店的頂樓來舉辦，因此我現在可以清楚望見底下的璀璨燈火。

不知獨自坐了多久，另一個人走進陽臺，慢慢地坐到了我身旁。他望著遠方，髮絲帶上了月光的銀白。

那是林青凡，不過他安靜得不太自然。我撐著頭看他，「你就這樣直接坐在地上？西裝會髒掉的。」

「沒差。」林青凡的聲音悶悶的，彷彿在壓抑著不滿。

沉默在我們之間蔓延，好半晌，我試探地開口：「其實你並不想參加這個畫展，對吧？」

「沒事，我習慣了。」林青凡苦笑，頓了頓後說：「其實只要是跟家裡扯上關係的活動我都不想參加。我和家裡關係不太好，我的過去和未來都被規劃好了，沒有我能選擇的餘地，我只是想要自由。」

我第一次見到他如此惆悵的模樣，頓時有些手足無措，安慰人不是我的強項。過了許久，我才小心翼翼地問：「你有想過要反抗嗎？」

「有啊，而且我已經開始準備了，不過反抗家裡的後果是很可怕的。」林青凡的神情略顯詭異，他的語調依舊爽朗，說出的話卻令我毛骨悚然，「要有鬥個你死我活的覺悟。」

「什麼意思？」

「學長聽了可能會覺得很誇張，不過我以前曾經被下毒過。」林青凡微笑了下，表情像是並不在乎。

「下毒？」我嚇得聲音都變了調。

「對，我國小讀私立學校，班上很多公司老闆的孩子。」林青凡歪著頭，以輕鬆的語氣說出恐怖的經歷，「我被下毒的事鬧得很大，後來警方認定下毒的犯人是陳家企業的孩子。當時我們林氏企業擴張得很快，併吞了許多公司，而陳家企業是林氏企業的主要競爭對手，由於無法接受自家管理的產業不斷被奪走，那位同學就在我的午餐裡面下毒報復。」

也太誇張了吧，這些有錢人的手段有夠激烈！

我張大了嘴，半天才找回聲音，驚恐地問：「你……後來怎樣了？」

「還能怎麼樣？我口吐白沫，就被緊急送醫了。」林青凡聳聳肩，仍是一副不以為意的樣子，「但其實我知道，毒不是那個同學下的，他是無辜的。」

「咦？」

「是我家的人做的。」林青凡望著遠方，臉上的神情讓人捉摸不清，「所以才會那麼剛好，讓我口吐白沫緊急送醫，卻又不至於死亡。」

「這是為了什麼……」

「新聞。經過這件事，陳家企業在業界流言四起，名聲一落千丈，林氏企業便趁機併吞了陳家的大部分產業。」林青凡深吸一口氣，「這樣你懂了嗎？我就只是擴張我家企業版圖的工具之一而已。」

「不是吧……」

「我都知道的，我知道那個同學是無辜的，但我要假裝不知道。」林青凡摸著自己的臉，嗓音很輕，「至少家族是這麼教我的，要假裝成什麼也不曉得的樣子，比任何人都要無害，比任何人都要單純，比任何人都要……都要……」

話說到這裡，林青凡停了下來，看上去有點茫然。他烏黑的眼眸直直盯著前方，斑斕的燈火映在他的眼底，卻沒激起一絲波瀾。

凝視著林青凡的側臉，我忽然明白了。他那種近乎殘忍的天眞性格並非天生的，而是環境逼迫他成爲那樣的人。

他必須比誰都顯得不諳世事，許多事情他也許早就隱約察覺了背後的骯髒，卻總是裝作不在意的樣子。如果不這麼做，他恐怕會崩潰的。

所以他天眞，天眞到殘忍。

我不知道自己該露出什麼樣的表情，只能伸手拍拍林青凡的肩膀，低聲說：「如果你有天決定反抗家裡……我一定會幫你的。」

林青凡偏過頭，「這樣學長也可能被捲進來，沒問題嗎？我們家族的私家偵探非常可怕，還跟黑道有掛勾，不管是什麼祕密都能挖出來。」

我怔了下，心裡忽然有點怕，可是我都說了會幫他，馬上反悔太丟臉了。我想了想，最後還是硬著頭皮回答：「沒問題，我會幫你。」

林青凡的眼睛亮亮的，像是忽然看見了希望一般閃動著，在我反應過來之前，林青凡就伸出手，把我直接拉進他懷裡。

我靠在他的胸口，整個人僵住了，林青凡身上的氣息弄得我很亂，大氣都不敢喘一下。

林青凡附在我的耳畔，近得令我能感受到他的吐息。他柔軟而溫暖的唇貼在我的頸子上，用一種我從沒聽過的低沉嗓音說：「學長眞好……」

一切發生得太過突然，我險些要放聲尖叫。

像是嫌我不夠慌亂似的，林青凡冷不防在我的頸側重重一咬。

我嚇了一跳，用力地掙扎起來，同時對林青凡怒吼：「你有病啊！這裡是陽臺！」

我使勁推開他，連忙去摸自己剛剛被咬過的地方，感覺到那邊殘留著牙印。

這是要我怎麼出去見人！

我摀著自己的頸子，語尾都帶上了顫抖，也不確定是出於害怕還是惱怒，「林青凡！你幹什麼！」

林青凡摸著自己的鼻子，我剛才掙扎得太大力，好像不小心打到了他的鼻梁。或許是因爲這樣，林青凡說話時帶上了點鼻音：「對不起，我一時沒忍住，下意識就咬上去了。」

我瞪著林青凡，大聲喝斥：「我們現在已經不是砲友關係了，你給我注意一點！我沒必要配合你的發情！」

這是什麼話！難道我是獵物嗎！

「好……對不起……」林青凡溼潤著雙眼看我，他的鼻梁大概眞的很痛，看上去都快流淚了。被我訓了這一頓，林青凡的聲音變得軟軟的，無辜得不行。

明明是他的錯，我卻反而比較像壞人。

我敲了一下林青凡的頭作爲懲罰，「今天就先回去了吧。」

林青凡立刻猛點頭，這種時候他就特別乖，讓我對他的怒火持續不了多久。

我站起身，林青凡也走到我的身邊。我警戒地退了兩步，靠上陽臺的欄杆，然而林青凡並未退讓，他也往前兩步，使我無處可逃。

林青凡湊近過來，我怕他又要咬我，下意識緊閉起眼別過頭去。沒想到他只是伸出指尖，碰了碰他在我脖子上遺留的牙印。

我睜開眼，茫然地問：「這又是幹麼？」

「沒什麼。」林青凡收回手，似乎也有點困惑。隨後，他淡淡地說：「我們走吧。」

第三章　間諜

雖然理智上不想再跟林青凡扯上關係，可是路過資管系的系館時，我仍不自覺地放慢了腳步。

林青凡站在走廊上，四周圍繞著幾個朋友，一群人有說有笑的。一旁草地上的灑水器噴出一道水幕，上方映著一彎彩虹。

那畫面太過美好，我幾乎就要看呆了。

也許我就是如此無可救藥地喜歡他，就連遠遠地偷瞧一眼，都會感到開心。而林青凡或許永遠也不會知道，有個傻子這樣近乎絕望地喜歡著他。

我都大四了，還在玩偷看這一招，簡直跟小四學生一樣，連我自己都覺得有些可悲。深深嘆了口氣，我準備轉身離去，但挪開視線的瞬間，一隻手忽然搭上我的肩膀，害我嚇得縮了一下。

誰啊！沒事亂嚇人！

我回頭甩了一記眼刀過去，原以爲是哪個白目的同學在鬧，映入眼簾的卻是一個身穿黑色風衣的中年男人。

時序雖已入秋，但暑意絲毫沒有減損，我瞧了瞧自己身上的短袖，又看了看對方的風衣和長褲，不禁懷疑這人是從阿拉斯加穿越來的。

我困惑地盯著那位男子數秒，最後遲疑地開口：「請問你有什麼事嗎？」

「我有幾個關於林青凡的問題要請教你。」男人從胸前的口袋抽出一本筆記本和一枝筆，用低沉的菸嗓問：「請問你們是什麼時候認識的？」

我沒有立即回答，而是上下打量著對方，猶豫地說：「你該不會……就是林青凡提過的私家偵探吧？」

這副裝扮太過有辨識度了，現實中的偵探居然也會這麼穿衣服？未免太招搖了吧。

男人點點頭，倒也沒隱瞞，而我明明什麼也沒有回答，他卻在筆記本上寫下了一堆字句，眞是莫名其妙。

我退了一步，語調轉冷：「抱歉，如果你是私家偵探的話，我沒什麼好說的。不過我認爲林氏企業應該放棄對林青凡的控制，他是個人，不是工具，你可以把我的這句話帶回去。」

面前的偵探並未回話，他又在筆記本上寫了幾句，隨後闔起本子。我以爲他會逼問我，不過他只是脫下自己的紳士帽，對著我微微一鞠躬，「不回答也沒關係，我已經得到需要的東西了。」

我頓時不安了起來。

我什麼也沒回答啊！難道是在嚇唬我？還是我在無意間真的透露出了什麼重要情報，只是我自己不知道？

我瞪著私家偵探離開的背影，簡直想把他給瞪出個洞來，之後才把目光轉回林青凡原本佇立的走廊上。

此時已經上課了，那個地方當然沒人。我想走，但邁了兩步之後又匆匆折回去，坐在林青凡教室前方的花壇邊，等著他下課。

私家偵探在打探他這件事，我想還是讓林青凡知道會比較好。

林青凡似乎早就注意到我在外面等了，一下課就衝著我跑來。

「學長！你居然主動來找我！」林青凡垂頭看我，開心得像一隻看見主人的大型犬。

我乾笑了兩聲，可以的話，我才不想來找他。每次都說著要離開，卻斷得這麼不乾脆，我都懷疑自己是不是犯賤。

我甩甩頭，把討厭的想法拋開，隨即單刀直入地說：「林青凡，你們家的私家偵探在調查你。」

林青凡的表情瞬間轉冷，藏不住的嫌惡和惱怒全寫在臉上。他抿了抿嘴，語氣難掩憤怒：「他找上學長了嗎？在哪裡遇到的？」

「就在你們系館外面，大概四十分鐘前遇到的。」

「已經找到學校裡來了嗎？」林青凡抓著自己的頭髮，把髮絲都揉亂了，「連學長的存在都查出來了，動作也太快了吧。」

「林青凡，他爲什麼會找來？你做了什麼嗎？」我不禁擔心。

「也不是什麼大事，大概是我最近突然收購了很多自家公司的股票，有點可疑，所以才找人查我吧。」林青凡笑了笑，那個笑容應該要很爽朗的，看上去卻像是失落。

「你爲什麼突然大量收購股票？」

「我不想繼承家裡的演藝經紀公司，也不想再被壓著抬不起頭，我想要自由。」林青凡看著我，認眞地說：「所以我擬定了一個計畫，我會跟家裡正式決裂，學長會幫我的，對嗎？」

林青凡的語調十分輕快，提出的請求卻無比沉重，宛如在求救似的，令我毛骨悚然。他清澈的眼底似乎蒙上了一層淡淡幽光，流露出了一絲威脅性。

我吞了吞口水，僵硬地點頭，「對，我會站在你這邊。」

林青凡眼睛一亮，伸手摸摸我的頭，這個行爲讓我覺得有點彆扭。我才是年長的那位，而且現在是我在安撫他，怎麼說也該是我摸他的頭吧？

他最近的肢體上的小動作特別多，我不禁在心中暗想，不曉得他是不是出了一趟國，就有了肢體接觸的習慣，畢竟外國人好像都是這樣的。

這時我怎麼樣也沒想到，這會是林青凡再次消失前，我和他的最後一次見面。

✦

我坐在學生餐廳裡頭，面前放了一碗鍋燒意麵，熱湯產生的蒸汽使我的眼前朦朧成一片。

王文強坐在我身邊，絮絮叨叨地抱怨某堂通識課的教授太嚴格，同組的組員又太廢，每次團體報告他都快被氣死了。

我有一搭沒一搭地敷衍著他，反正他也不是眞的想聽我的意見，只是想找個人吐苦水罷了。

正當我開始有些恍神時，王文強忽然停下來不說了。沉默出現得太過突兀，我回過神看著他，「怎麼了？」

王文強神色變了變，接著有些猶豫地說：「你……最近有跟林青凡聯絡嗎？」

我的內心重重地刺痛了一下，每當提到林青凡的時候，我總感覺自己異常脆弱。拿著筷子的指尖微微顫抖，我嘴上仍然故作不在乎地答：「沒有，他這個月消失了，我沒跟他聯絡。你提他幹麼？」

自從上次在資管系的系館外碰面後，我就再也沒有林青凡的消息了。我想也許是他忽然對我沒了興趣，這對我來說是件好事，於是我便也沒主動聯繫他。

王文強的神情有點詭異，他拿起自己用來吃炒飯的湯匙，指了下學生餐廳裡的電視，「所以你也不知道林青凡上新聞了？」

我把目光轉向王文強手指的方向，那臺電視已經很老舊了，而且還沒開聲音，不過看著無聲的新聞畫面，我仍是一眼認出了林青凡。

畫面底下出現一行標題：「林氏企業么子休學繼承家業，高調牽手女主播」。

我的腦中瞬間一片空白，明明想裝作不在意，卻怎樣也控制不住自己的表情。

林青凡還是一樣好看，電視當中的他從轎車內下來，牽著一名身穿白色長裙的美麗女子，兩人顯得極為般配。

我忽然想大笑，扯了扯嘴角卻沒能笑出聲。

林青凡口口聲聲地說要反抗家族，最後卻還是屈服了啊。

巨大的無力感席捲而來，現實狠狠地搧了我一巴掌，讓我徹底看清了。從白亦君到女主播，林青凡的身邊從來就沒有我的位置，過去不會有，未來更不可能有。

我不想承認，可林青凡早就往前走了，走到了另一個世界，只有我停留在原地，表面上總是推開他，內心卻偷偷抱著小小的希望，想著也許哪天他會回頭看看我。

可悲的是，即使被傷得毫無尊嚴，我仍然喜歡他。

王文強直盯著我瞧，他難得收起了嘻皮笑臉，認真而擔憂地問：「顧昙，你沒事吧？」

「我沒事。」我放下筷子，用左手握住右手，想掩飾自己的顫抖，然而徒勞無功，「我只是突然醒了，這次我眞的醒了。」

外頭的陽光十分燦爛，天氣溫暖，我卻渾身發冷，冷得像是被凍住了一樣，久久動彈不得。

✦

全身裸著坐在賓館的床上，我盯著自己小腿上的一顆小痣，有些緊張。

前幾天我把交友軟體載了回來，並迅速約了對象，我需要用最快的速度忘掉林青凡。

距離上次約砲相隔已久，我居然有點生疏了，看著眼前的陌生男人還略感茫然。

對方是我喜歡的類型，肌肉健壯，皮膚晒成了古銅色，而且看上去體力挺好的樣子。如果是一年前的我大概會欣喜若狂，認爲自己遇上天菜了。

但現在，我只覺得對方的眼睛有點像林青凡，微微下垂的眼尾，烏黑的眼眸，這令我頓時微微失神。

男人脫光衣服，坐到了我身旁，笑著問道：「你叫顧曇是吧？我終於約到你了。」

「你是刻意找我約砲的？」

「當然，你在男同志約砲圈內挺有名的，不是嗎？」男人一挑眉，繼續說：「敢玩，技術又好，想和你上床的人很多啊，只不過你消失了一年多。」

「發生了一點事，所以當時決定不約了。」我冷淡地回答。

「那現在怎麼又回來？」

「如果我說是爲了忘掉一個人，你會嘲笑我嗎？」我無奈地搖搖頭，自己都覺得自己蠢。

男人訝異地瞪大眼，頓了頓後說：「嘲笑倒不會，只是挺驚訝的，因爲你在圈內一直都是特別玩得起的那種。」

「人有失足，馬有亂蹄，我不小心招惹錯人，把自己給搭進去了。」我淡淡一笑，不想再提林青凡的事，於是主動把手放到男人的肩上，「廢話到此爲止，要做快做。」

這才像我，不談情不說愛，不講廢話，也不受傷。

男人瞬間就把我壓倒在床上，撲上來粗暴地吻住我的雙唇。說這是個吻也許太過優雅了，不如說只是獸性的啃咬，他粗重的氣息噴在我臉上，細小的鬍渣刺著我的面頰。

他的身子貼著我摩娑，我感覺到他已經硬了，我卻沒有。

在沒有前戲和潤滑的情況下，男人直接從正面分開了我的雙腿，硬生生地插進來。我很久沒做愛了，後穴被突然撐開的感受彷若撕裂一般，我下意識地掙扎抗拒，這個行爲卻似乎讓對方更加興奮。他一下子插到了最深的地方，我痛得冷汗直冒，但沒叫他停下。

男人的侵犯越發激烈，他轉而扶住我的腰，一邊頂撞一邊滿足地說：「顧曇，你的身體眞棒，眞緊，難怪這麼多人想約你。」

我咬著牙，注視著男人的眼睛。他的眼睛眞的好像林青凡，只是眼神沒有林青凡的那種乾淨，這令我有些失落。

不知怎麼的，我的眼眶微微發酸，於是趕緊把視線從男人的眼睛移開，轉而盯著泛黃的天花板。這間賓館相當老舊，天花板的一角有個形狀怪異的水漬，我睜著眼，茫然地直盯著瞧。

被粗暴對待的身體異常疼痛，卻比不上心底那種傷口再度被撕開的感受。我想要塡補內心的空洞，卻好像把那個洞扯得更大了。

如果顧寧知道我這麼對待自己，他恐怕會很難過的，可惜我就是這樣一個人，我就只値得這樣的對待。

然後我想起了林青凡，那個我渴望到瘋狂的人。他身上的溫度，他清澈的雙眼，還有他和我上床時的每個表情，哪怕是一點點我都捨不得丟棄。他撫摸我的身體時，那股如同燒灼的戰慄，徹底刻劃在了我的靈魂上。

愛不得，也恨不得，會變得這麼狼狽，終究是我自己的錯。

林青凡，林青凡，究竟爲什麼要讓我遇見你？

之後，我約砲的次數漸漸又多了起來，而且尋找的對象越來越危險。我的身上開始出現細小的傷痕，例如出血的牙印，手腕處的掐痕，或是後穴的擦傷，全是在做愛的過程中留下的。

也沒有到SM的地步，只是我選擇的對象傾向粗暴型的，身體的疼痛可以幫助我暫時遺忘林青凡。

我明白自己狀態很糟，瘦了不少，氣色不佳，身上還總是帶著點傷，不知情的人可能會以爲我被家暴了。不過我不在乎，只要能忘掉林青凡就好。

雖然這麼想著，上天卻像是要和我開玩笑似的，在我最不堪的時候又送上一份大禮。

這天，我沿著美術系的走廊往工作室走，腳步沉重。由於正在趕期中作業，我已經整整一天沒睡了，再加上最近極差的臉色，看起來恐怕跟吸毒犯差不多。

在注意力渙散的情況下，我走路時沒看路，就這麼直接撞上了一個人，我趕緊開口道歉：「對不起。」

「學長！好久不見！我回來找你了！」熟悉的爽朗嗓音從頭頂上方傳來，我沒花一點力氣就認出了是誰。那個讓我魂牽夢縈的聲音，即使我化成灰燼都會記得。

我一點一點地抬起頭，對上林青凡小狗般渾圓的雙眼，時光彷彿瞬間倒流回幾個月前，林青凡剛從國外回來時的場景。然而這次我沒有轉身逃跑，也沒有出聲質問，我只是靜靜地看著林青凡，很慢地對他點了下頭，又說了一遍：「不好意思撞到你了。」

隨後我繞過他，像見到了陌生人一般。

我比自己預想的還要冷靜許多，我太累了，累到甚至沒力氣問他究竟爲何消失。哀莫大於心死，大概就是指我現在這種狀況。

林青凡從後面追上我，不解地問：「學長的氣色很差，怎麼了嗎？」

「趕作業，沒睡飽罷了。」我的語調依舊冷漠而疏離。

「也太誇張了，學長再這樣下去身體會搞壞的。」林青凡皺眉。

我搖搖頭，並未接話，原以爲林青凡會自討沒趣地走掉，沒想到繞過轉角時，他忽然一把扯住我的手，開始拔腿狂奔。

這傢伙到底發什麼神經！

這瞬間我幾乎要破口大罵，可林青凡衝得太快，我幾乎是被他拽著往前跑，稍微放鬆就會整個人摔在地上，只能把所有心力放在狂奔上。

林青凡完全沒有體恤我的意思，一路衝下了美術系系館的樓梯，拖著我跑過系館前的小廣場，沿著學校中央的大道狂奔，最後衝進生科系的系館裡，把我拽進其中一個角落的空教室。

我一進教室就整個人軟倒在地上，一邊喘氣一邊乾嘔。我本來就沒運動的習慣，再加上近來身體狀況極差，這一跑差點就要跑到掛了。

林青凡迅速地把教室的前後門鎖起來，戰戰兢兢地偷覷了幾眼外面，隨後繞到我身旁。

我又咳了幾下，忍不住憤怒地吼：「你搞什……」

話還沒說完，林青凡就摀住我的嘴，低聲地說：「別那麼大聲，我好不容易才把他們給甩掉。」

「誰？」

「家族派來跟蹤我的人。」林青凡解釋，「我突然跑來學校太可疑了，所以家裡有派人跟著。」

我不太理解林青凡的話，想了半天只能皺著眉問：「你到底在說什麼？」

「學長，我拿到我們家的黑料了。我知道美術系上有一位叫做劉弦的助教，學長認識他，對嗎？」

「認識是認識……不過提他做什麼？」

林青凡擱下後背包，從裡頭拿出一份資料交到我的手中，「我這邊的黑料剛好是藝術投資相關的情報，可以請學長幫忙轉交給劉弦嗎？」

我接過資料，整個人都傻了，「你要我……幫忙曝光林氏企業的黑料？」

「對，有什麼問題嗎？」

「你不是回去繼承家業了？」

「我當然要回去繼承家業啊！繼承家業後，我才能接觸其中的商業機密，也才有機會拿到黑料作爲我的武器。」林青凡一臉不解，「我不是說了要反抗家裡的安排？學長以爲我跟家裡談談就能得到自由了嗎？當然要握有把柄才行。」

我頓時有點混亂，茫然地問：「所以你要繼承家業的事情是假的？那和你交往的女主播……」

林青凡怪異地看著我：「學長，我好歹是個同志，你當眞以爲我一夕之間就變直了？那種花邊新聞你也信？」

我忽然覺得自己眞是個傻子。虧我看見新聞時難過成那樣，結果林青凡根本是在演戲。

捏了捏自己的眉間，我悶聲說：「這些事你都沒告訴我，我怎麼會知道？你至少也跟我說一下吧？」

林青凡露出訝異的神情，無辜地問：「咦？爲什麼要跟學長說？」

我頓時語塞。

說的也是，他完全沒有義務向我報告。我憑什麼這麼要求？憑我是他的學長？他的前砲友？還是他關係微妙的朋友？

林青凡的表情是純粹的困惑，我想他是眞的不懂，這對我來說是個多麼過分的問題，而我這段時間以來又過得多麼荒唐。

「算了，當我沒說。」我低頭看了看手中的資料，「這些資料是你自己拿到的？只花了一個月的時間就弄到了？」

「不是我自己弄到手的，我們家族高層不擇手段的行事方式一向惹人厭，所以要找盟友不難，陳家很快就決定協助我，就連家族裡的某些親戚也看不下去，大家的不滿都積壓很久了，只是看有沒有人敢帶頭而已。」林青凡爽朗地說，看來事情進行得頗爲順利。

我點點頭，反手收起林青凡給我的資料，淡淡表示：「那我懂了，你快回去吧。」

我想站起身，卻被林青凡拉住，按回了地上。

林青凡扯著我的手，擰著眉說：「我還有一件事要問學長。」

我不著痕跡地把手抽回來，冷漠地問：「什麼事？」

「學長是不是回去約砲了？而且頻率比以往還高？」林青凡注視著我，語氣宛如是眞的爲我擔憂，「這樣有點危險，對身體也不太好。」

但這份關心讓我的胸口瞬間疼得難受，像是心臟要滴出血來。

我忽然想笑得不行，林青凡不會明白的，我變成這樣是因爲他的緣故，他到底有什麼資格回過頭管我？

勾了勾嘴角，我嘲諷地說：「你怎麼知道我去約砲了？還知道頻率？你也找私家偵探調查過我了嗎？還是其實你也在用約砲軟體？」

我帶刺的語氣似乎嚇到了林青凡，他清澈的眼底閃過一絲異樣，不過很快又抓住我的手臂，苦口婆心地說：「我只是剛好聽說學長的消息，學長應該要好好珍惜自己的……」

他越說，我心中的疼痛便擴散得越大，我猛地甩開他的手，對著他怒吼：「我就是這種人！當初你會來找我上床，不也是因爲我隨便都能上？你早該明白了！」

我甩開他的力道太大，不小心打到了他的胸口，這下林青凡也有點惱火了。他又要過來抓住我，而我拚命掙扎，很快我們就在空教室的地板上扭打成一團。

由於體能的差距太過明顯，沒多久我就被林青凡按在了地上，可精神上還是不能輸的，所以我努力用最凶狠的目光瞪著他。

教室內沒有開燈，陽光從窗戶透了進來。林青凡的額角凝著幾顆汗珠，身上的氣味變得十分清晰，他的眼底有流光閃動，表情異常嚴肅。

我彷彿回到了很久以前，林青凡把我壓制在沙發上的時候，或是更久之前，我和林青凡偷偷在教室做愛的時光。

當時肌膚相親的畫面在腦海中不斷播放，心裡的痛令我感覺自己又碎掉了一點點。

林青凡抓著我的力道非常大，我的手腕都發紅了。他喘著粗氣，我看見他的喉結微微顫動，淡色的薄唇微張，他好像想喝斥我，話卻沒說出來，於是就只是沉默地直盯著我。

一開始我還堅持地持續瞪著他，然而林青凡的面龐使我內心劇烈動搖，最後只好挪開視線。

林青凡這才慢慢鬆開了我的手，他伸出骨節分明的手指，用指尖摩娑我的臉頰，放軟了聲音：「學長，你瘦了好多，都沒有好好吃飯吧。」

我沒回答，只是努力控制著自己的表情。

隨後，林青凡把手挪到我的頸部，往下輕輕撫摸至鎖骨，語調聽起來竟像是心疼：「身上都是傷，學長不要再這樣了，看上去好疼。」

我搖搖頭，無力地說：「我跟誰上床，到底干你屁事。」

林青凡又有點生氣了，他沉聲低吼：「學長！」

「你爲什麼在乎？」我偏著頭，自嘲地笑了兩聲，帶著破罐子破摔的心情，「我跟誰上床對你來說有差嗎？你算我的誰？難道你要跟我交往？」

林青凡愣了下，搖了搖頭，「學長你在氣什麼？就算我不是你男友，身爲你的學弟，我也不想看見你這個樣子。」

身爲一個學弟，身爲一個該死的學弟。

我嘆了口氣，輕輕推開林青凡。

這次林青凡沒有把我給壓回去，他鬆開我，讓我可以坐起身。

林青凡坐在我身側，圓潤的雙眼直盯著我，低聲詢問：「學長，你到底怎麼了？」

我朝他露出一個苦澀的微笑，接著站起來，對著他揮揮手，「黑料我會幫你曝光的。」

林青凡的表情變得有些微妙，但我讀不出他的想法，也不願去探討他那個表情的含意，逕自大步離開了教室。

外頭陽光燦爛，我抬起頭，讓世界在眼底化為一團朦朧的光線。不知怎麼的，我忽然有點想哭，林青凡讓我脆弱了許多，我明明根本不是這麼一個感情用事的人。

✦

劉弦在系上的評價向來非常兩極。

他說話惡毒又毫無同理心，實力卻讓人不得不服。藝術圈裡有不少早熟的天才，只不過大多數的天才都在長大後默默從圈子消失了。然而劉弦不是，他成名得很早，作品的價值卻還能隨著年紀增長水漲船高。

由他來曝光林氏企業的醜聞，想必可以引起軒然大波，林青凡還眞是想得周全。

雖然對劉弦有點反感，我仍是找個了空閒的下午，帶著林青凡交給我的資料走向劉弦的辦公室。

如果是比較受歡迎的教授或助教，辦公室裡常會有其他學生在。幸好劉弦不是，他開放接受學生諮詢的時段總是無人預約，而且他也顯然不喜歡被學生在課後打擾。

我嘆了口氣，伸手輕輕敲了敲辦公室的門，不久就聽見劉弦在裡面不滿地咂嘴，伴隨著一句不甘願的「進來」。

他的心情顯然不是太好，我硬著頭皮走了進去，看見他把雙腿蹺在辦公桌上，手中拿著一臺遊戲機玩著，看都沒看我一眼。

我咳了兩聲，尷尬地說：「我有事想請助教幫忙。」

「你說。」劉弦還是沒放下遊戲機的意思。

我走到他的辦公桌前，把資料放在桌上，低聲地說：「這邊有一份資料，想請助教幫忙曝光。」

劉弦毫不掩飾地又咂嘴了一次，這次他終於放下遊戲機，也把腿從桌面上放下來，不高興地說：「這份資料最好有重要到必須讓我暫停遊戲，否則期末分數我先扣個十分，打擾我的休息時間。」

休息時間個頭！現在明明就是上班時間！這樣赤裸裸地威脅學生要扣分數，劉弦到底有沒有職業操守？

我險些就要和劉弦對嗆，話到嘴邊又趕緊吞回去。現在我有求於他，態度只得放軟一點。

劉弦撥了撥自己染成血紅色的長髮，拿起我放在桌上的資料隨意翻了兩頁。

一開始他還一副相當不屑的模樣，然而翻了幾頁後，他臉上的神情開始慢慢轉變，最後變得嚴肅至極。

劉弦把手指放在嘴唇上，搖晃著椅子思索了一會，之後緩緩開口：「以投資藝術品出名的林氏企業，在知名畫展上販售贗品……這份資料你從哪裡弄來的？要是爆出去可是會成爲藝術圈的頭條新聞。」

「我剛好認識林氏企業裡面的人，是他給我這份資料的，所以來源可靠。」

劉弦捏了一把眉間，淡淡地說：「其實這件事我之前就聽聞過，不過一直沒有實際證據。這份資料十分完整，也和我的猜測差不多一致，雖然林氏企業是我的主要雇主之一，這種褻瀆藝術的作爲我還是不能忍。」

難得劉弦會說出這麼具有道德良知的話，但大概也不是他的三觀突然正了，只是他不能忍受有人踐踏藝術。

不管怎麼說，劉弦願意幫我眞是太好了，以身邊的人而言，我也想不出第二個有劉弦的知名度和影響力的人了。況且他原本就跟林氏企業有關，握有這些機密也不至於讓人覺得不合理。

我點點頭，鬆了一口氣，「那就麻煩助教幫忙了。」

劉弦放下手中的資料，漆黑的眸子轉向我這邊，「那你呢？打算怎麼辦？」

「我？」

「你以爲這件事曝光後，林氏企業會乖乖坐以待斃嗎？別傻了，對於造成威脅的人，他們絕不會手下留情。」劉弦一攤手，慢條斯理地說：「我倒沒差，跟我的經紀人講一聲就行了，他會幫我安排後續的應對措施，我不會有危險。那你呢？」

我幾乎已經聽見劉弦經紀人的哀鳴了，要處理這麼大的危機，我眞想爲他默哀三秒。

我思索了一會，乾脆地搖搖頭，「我沒有特別的對策，難道要我去雇個保鏢？林氏企業總不會爲了這件事把我給滅口吧？」

「雖然不至於到那個地步，但你絕對會被找麻煩。」

「像是派出私家偵探調查我之類的？那我早就經歷過了，要查就查，我沒差。」我聳聳肩，沒放在心上。

劉弦看著我的表情像是有些驚訝，打從進門後他就沒正眼瞧過我，直到現在才終於認眞把目光放在我身上。

「你還是小心爲妙，這是我的忠告。」劉弦打量了我一下，而後皺起眉，「你也瘦太多了吧？身上還這麼多傷，是做了什麼違法的事情？吸了不該吸的東西？」

「才不是。」我沒好氣地反駁，我都進來這麼久了，他居然現在才發覺。

「你沒必要說謊，有的藝術家精神狀態越糟反而越能畫出好作品，我也沒有要阻止你的意思。」劉弦頓了頓，又繼續說：「不過你就算吸了毒，大概也還是畫得很爛，所以別吸了吧。」

「說了沒吸！你才吸了吧！」我忍無可忍地大吼，隨後迅速轉身離去，大力甩上了辦公室的門。

氣死我了！根本沒在聽人講話！

後來，劉弦眞的曝光了林氏企業的黑料，成功在藝術圈內引起巨大的騷動。藝術圈內的其他公司猶如鬣狗一般，一見林氏企業從頂端掉了下來，便迅速衝上去踐踏分食，彷彿巴不得讓林氏企業墮入地獄，看來林氏企業確實樹敵頗多。

我以爲林氏企業被各方逼得焦頭爛額，應該沒閒工夫對我報復，然而我錯了。劉弦說的對，林氏企業不可能放過洩密者，我眞是太天眞了。

我一向都在工作室待到很晚，時常凌晨兩點才自己走回家，而且爲了省房租，我住的地方有點偏僻。對於這些事，我從未放在心上，畢竟身邊不少同學都是如此。

怎樣也沒想到，有天我會在半夜回家的時候被人扯進小巷裡面，然後被一群黑道團團圍住。

天空下著濛濛細雨，我撐著傘，昏暗的路燈燈光勾勒出面前幾個男人的輪廓，有兩個人的體型特別高大，其餘幾個看上去也凶神惡煞，一看就知絕非善類。

我努力壓抑住心底湧出的強烈恐懼，保持著冷靜問：「有什麼事嗎？」

其中一人率先朝我走來，抓住我的肩膀，「賣假畫的事情，是你洩漏出去的？」

我的腦子當機了一陣，而後才反應過來。

林氏企業來找麻煩了，果眞如林青凡所說，他們家和黑道有勾結。

我以爲對方是在試探我，所以反射性地搖頭，「不是我……」

話還沒說完，一個拳頭就用力地揍在了我的右臉上。我被打得往後踉蹌了兩步，傘也從手中飛出去。

那傢伙對著我吼了一句：「少騙人！劉弦都把你給招出來了！是誰洩漏機密給你的？林氏企業裡面誰是叛徒？」

血腥味在嘴裡擴散，我剛剛好像咬到了自己的臉頰內側，肉都被我給咬掉了一塊。我扶著被打到暈眩的腦袋，疼痛令我的反應變得有點遲鈍。

雖然被黑道給盯上，眼下的處境還這麼糟糕，但我居然有點慶幸。

太好了，找上我的話，大概就是林青凡還沒被發現的意思吧，至少他目前是安全的。

我不禁覺得自己挺可悲的，還能爲林青凡暗自開心，明明是因爲他我才會淪落到這種境地。

或許是我太久沒有開口，男人再度揮拳過來，這次打中了我的下腹。我疼得直接蹲下來，對方的怒吼從上方傳來：「說！是誰給你資料的？」

我痛得冷汗直冒，卻短促地笑了一下，從牙縫裡擠出話：「我不知道。」

有人從我的背後重重踹了一腳，我倒在溼漉漉的柏油路上，本能地用手護住頭部。事實證明我這麼做是對的，因爲下一秒，無數拳腳落在了我身上，而我毫無還手之力。

這樣單方面挨揍還挺遜的，無奈對方人多勢眾，面對紮紮實實的暴力行爲，我光是忍耐痛楚就耗盡了力氣。

那群黑道在我的四周罵著些什麼，咒罵聲交錯在一起，我大多聽不清，後來才有個人特別大聲地吼了句：「聽說這個人身體很賤，再不招就拖去垃圾堆旁邊上了。」

我心底一驚，嚇得喊了出來：「不！」

雨點般落下的痛毆瞬間暫停，一個小弟從上面盯著我問：「怕了？再給你一次機會說，是誰給你資料的？」

我渾身都在顫抖，整個人抖得像風中飄零的落葉。

我不能說出來，如果林青凡因爲我出了什麼事，我這輩子都無法原諒自己。

於是我搖了搖頭，咬牙回答同一個答案：「我不知道。」

下一秒，某個人扯住我的頭髮，把我往巷子的深處拖，最後停在垃圾堆旁邊。

我掙扎著，卻被那群人壓制住，我的臉被按在地上，被雨水浸溼的地面散發出難聞的氣息，還混雜著垃圾的臭味。一團從垃圾堆中撿來的報紙塞進了我的嘴裡，油墨的味道令我反胃，之後我的褲子就被扯了下來。

還來不及尖叫，一個粗大的硬物便捅進了我的後穴，我很清楚那並不是陰莖，大概是鋼管之類的，同樣是垃圾堆裡隨手撿來的東西。

在插入的瞬間，我的肛門就撕裂了，血很快湧出。強烈的疼痛讓我幾乎要昏厥過去，但我努力地保持清醒。

只要不昏過去就還有求救的希望，昏過去就完了。

我想要大喊，嘴裡的報紙卻導致我只能發出嗚嗚啊啊的奇怪聲響，根本拼湊不出一句完整的話。

譏笑聲從四面八方傳來，我以爲自己來到了地獄。

就在我用盡力氣，幾乎要放棄反抗的時候，此起彼落的笑聲忽然停下，壓制我四肢的力道也隨之消失，那些黑道居然在瞬間一哄而散。

我用僅存的力量稍稍抬起了臉，望見前方站著一名拿著手機的青年，幾位身穿警服的男性從我身邊跑過，大概是去追那些作鳥獸散的黑道分子了。

我不清楚究竟發生了什麼事，不過我似乎得救了，看來這個世界上還是有奇蹟的嘛。

我稍微放鬆了精神，而那名青年緩緩地走過來，在我面前蹲下，替我拿掉口中的報紙。

「沒事了。」青年用低沉的溫柔嗓音說，「你已經安全了。」昏暗的路燈燈光在他的髮絲上凝成光暈，宛如一圈光環，這一刻，我還以爲自己見到了下凡的救世主。

「你……你……」我想說話，可是腦袋太亂了，連我也不曉得自己到底想說些什麼。

青年卻好像懂了，他小心地把我從地上拉起來，幫助我站穩步伐，又替我整理了下髒亂的衣服，之後才冷靜地說：「我叫吳子楊，剛剛我路過這邊，發現你在巷子裡面，所以就替你報了警。」

我點點頭，心力交瘁之下只能擠出一句：「謝謝你。」

「不用謝。」吳子楊讓我搭著他的肩膀，平靜地問：「能走嗎？」

「還行。」

「那就好。上警車吧，我們去做筆錄。」吳子楊摟著我的腰，配合著我一瘸一拐的腳步慢慢往外走。

我當下覺得他眞是個非常溫柔的人。

第四章　陽光

吳子楊的耐心真不是普通的好。

從我做筆錄一直到驗傷，他都默默地跟在一旁，還主動載我去醫院檢查。連我自己都開始對冗長的流程有點不耐煩了，他卻像是沒放在心上。

醫生開了一些撕裂傷的用藥，我領了藥之後，一瘸一拐地往醫院門口走，才沒走幾步，就看見吳子楊站在門邊等我。

「你怎麼還在這裡？」我一挑眉，「已經沒你的事了吧？」

「我還要把你載回去。」吳子楊推了一下眼鏡，語氣溫和，「是我把你載來的，當然也有義務把你載回去。」

「我可以自己回去。」我拒絕了他，繼續用怪異的姿勢向外走。

「是嗎？你打算怎麼回去？」吳子楊跟了上來，絲毫沒有放棄的意思。

「公車。」

吳子楊忍不住笑了，鏡片後方的眸子都笑瞇了，「你現在站都站不太穩，還想搭公車？」

「不行嗎？信不信我搭給你看。」

吳子楊一嘆，「你嘴硬什麼？安分接受一下好意吧。而且為什麼沒有人來接你？出了這麼大的事，你家人都沒來？」

「我沒讓家裡的人知道，爸媽都年紀大了，沒必要受這種刺激。」我漫不經心地答。

自從顧寧自殺後，我媽整個人彷彿老了十歲，失去了以前的開朗。若是她得知自己的另一個兒子在暗巷中被強姦，天曉得會不會直接心臟病發。

吳子楊看著我的表情變得十分怪異，「你什麼事都一個人扛嗎？」

「也沒那麼了不起，只是覺得有些事我自己處理就行了。真要說的話，是你比較奇怪吧？這樣跟著我折騰半天不累？對你來說我只是個陌生人。」

「你需要幫助，所以我就幫你，沒什麼問題吧？更何況我們念同間大學，雖然沒見過面，不過你比我大一屆，算是我的學長。」吳子楊理所當然地說。

「就算是學長，沒見過面還是陌生人啊……」我小聲反駁，「而且原來你比我小一歲？聽你說話的方式一點也不像，也不叫我一聲學長……」

看來這人是那種對誰都好的類型？不知是否物以類聚，我的朋友圈裡完全沒有這種暖男，能遇見一個活的還挺新奇。

我搖搖頭，不過也沒再拒絕吳子楊的好意，轉而慢慢跟著他離開。

風波平息後，我以為自己不會再見到吳子楊了，結果卻完全小看了吳子楊的雞婆程度。

工作室的門被輕敲了兩下，我停下作畫，不禁有些困惑。來我工作室的人基本上都不會敲門，突然來個有禮貌的傢伙我還真不太習慣。

「請進。」我朝門口喊了一聲，只見門被打開一條縫，吳子楊隨即走進來，手中抱著一個紙袋。

像是沒注意到我訝異的神情，他把紙袋放在一邊的桌上，對著我笑了下，「午安，你午餐還沒吃吧？」

我張大了嘴，半晌才提高音調問：「你怎麼會跑來這邊？」

「你在做筆錄的時候，提到自己是美術系的，所以我就來美術系館問了哪間是你的工作室，想找你一起吃午餐。你剛好在真是太好了。」吳子楊一邊說一邊從紙袋裡拿出兩個紙碗，小心地放在桌上，之後又回頭對我溫和地微笑，「過來吧，趁熱吃了。」

我直直瞪著他，不安地問：「你在做什麼？我沒邀你吃飯吧？」

吳子楊無奈地瞧著我，「你別那麼抗拒，我有事想找你聊聊。牛丼你吃吧？」

我放下畫筆，移動到吳子楊身邊，桌上確實放著兩碗牛丼，熱騰騰的。

我吞了吞口水，坐了下來，有點忐忑地捧起碗扒了兩口。牛肉的香氣在口中擴散，我抬頭偷瞄了一眼坐在桌子對面的吳子楊，弱弱地問：「你……爲什麼要這麼做？」

「因爲你看起來太瘦弱了，多吃一點牛肉，可以補充蛋白質。」吳子楊拆開竹筷，答得理所當然。

替一個只見過一面的人送飯？這人是不是傻子啊？

我在心底吐槽，簡直無法理解。

吳子楊撥了撥他的飯，而後抬起頭，關心似的問：「顧曇，我之前就注意到了，你身上的傷口是怎麼來的？有很多是舊傷的樣子，滿久之前就有了吧？」

「哦，沒事，小傷而已，都是我自願弄傷的，過個幾天就會好。」我含糊地答。

吳子楊的表情卻瞬間變得嚴肅，「你自己弄傷的？這樣不行，你要不要去掛個身心科？我可以陪你一起去。」

我一呆，腦子稍微轉了下才明白他誤會了。吳子楊以爲那些傷口是我自殘造成的，再加上我又被性侵，根本是標準的精神崩潰組合。

難怪他會擔心成這樣！是怕我精神會出問題吧？

我哭笑不得，趕緊解釋：「不是你想的那樣。」

「那是怎樣？」

「總之不是你想的那樣就對了！」我乾笑兩聲，不想坦白自己是因爲到處約砲，身上才有這些傷。

吳子楊推了推自己的眼鏡，沉默了一下，之後溫柔地說：「我知道了，因爲我們剛認識，所以你無法對我敞開心扉吧。如果我們再熟悉一點，你就會接受我的關心了。」

「不是……」

「沒關係，我懂了，那我明天再過來吧。」吳子楊衝著我微微一笑，絲毫沒有不耐煩的樣子。

我只能仰天長嘆。

我這都是遇上了什麼人啊！

✦

好不容易盼到一天假日，我原以爲能好好休息，沒想到一早就被狂按了好幾下門鈴，吵得我殘存的睡意都沒了。

「誰啊……」我從床上爬起來，揉著眼睛走到大門口，臉色十分難看地打開門。

我打算把擾人清夢的訪客先罵一頓再說，但開門的那刻我就愣住了，半句話也說不出來。

門外的人是林青凡，他臉色蒼白，似乎受到了不小的驚嚇，一向清澈的眼眸中滿溢著慌亂。

我眨眨眼，不確定地喊了他的名字：「林青凡？」

「我聽說了學長的事，所以馬上趕過來了。」林青凡的臉幾乎皺成一團，神情痛苦不堪又充滿懊悔，「對不起，我不該拜託學長幫忙的，我沒想到會變成這樣。」

我不太確定他是怎麼得知那件事的，雖然新聞有報導，不過應該看不出來是我才對。或許他找人調查過了？我也懶得多問了。

「後悔也沒用，你別一早來吵我，讓我多休息比較實在，反正我習慣被粗暴對待了，這點傷不算什麼。」我嘆了口氣，淡淡地說：「如果你想報答我，那更不要跑來見我，不然你被逮到了怎麼辦？我當初那麼拚命地保你就全白費了，趕緊回去吧。」

說著，我準備把門給關上，林青凡卻緊抵住門，不讓我關。我施力了幾次，發覺他沒打算讓步，只好無奈地問：「你還有什麼事嗎？」

「學長，之前的黑料確實讓林氏企業失去了藝術圈的市場，但還沒正式打擊到核心產業。」林青凡抿了抿發白的嘴唇，很輕地說：「不過經過這件事後，我不會再手下留情了。」

我點點頭，應了一聲，「那你加油。」

說完，我又要把門關起來，而林青凡再次抵住門，這下我有點惱了，忍不住不悅地說：「你是不是沒聽懂我的話？你在我家門口拖得越久，曝光的可能性就越大。」

「讓我說完。」林青凡垂頭看著我，神情異常認真，語氣也沉了下來，「那些傷害你的人，我絕對一個都不會放過。」

「很好，請幫我把那些人爆菊，那眞的很痛。」我對林青凡豎起拇指，再度問道：「現在，你說完了嗎？」

聽見我的逐客令，林青凡頓時顯得無比失落。他用烏黑的眸子盯著我，只是幾秒的時間，我卻不禁開始微微顫抖。

我曾經在不同男人的床上找尋這雙眼眸，找到心都碎了，卻沒有任何一雙眸子像他一樣，只要一看就能讓我渾身發熱。

只有林青凡可以，從頭到尾都只有林青凡可以。

「還有最後一件事。」林青凡傾身靠向我，宛若要瞧清楚我的臉。他看上去竟像是在掙扎，過了一會才輕輕地說：「我想念學長了，所以想來見見你，看你一下也好。」

我苦笑，如果是在一年前，我聽見這句話恐怕會開心不已，但現在我不會上當了。我在林青凡眼中從來都不是特別的，我要牢記這件事。

於是我輕輕點了點頭，低聲說道：「我知道了，這次你終於說完了吧？」

「說完了。」林青凡總算鬆開手，他後退一步，乖乖地站在門外。

接著，我在他面前把門闔上。

在門徹底關上前，我看見了林青凡的表情。他的情緒似乎很複雜，像是不安，像是不捨，又像是哀傷。上次和林青凡分別前，他也露出了這種表情。

我幾乎就要以爲林青凡捨不得讓我離開了。

✦

「我買個電腦而已，你跟來做什麼？」我抱著一臺新筆電，對身旁的吳子楊大聲抗議。

先前說要和我熟悉起來後，吳子楊就還眞的天天到我的工作室報到。今天我無意間提及自己打算去買新電腦，他便自告奮勇跟來了。

他人很好，可是也很雞婆，我現在才曉得，雞婆和暖男只有一線之隔。

如果吳子楊交了女友，大概會是那種假日會跑去當義工的女孩子，認養了三個非洲的弱勢兒童，家裡還有一條領養的流浪狗。這種氣質的人才配得上吳子楊的雞婆，兩人一起行善天下，普渡眾生。

吳子楊推了推眼鏡，牽起淺笑溫柔地說：「你對電腦一竅不通，讓我幫忙不是比較好嗎？你看，我也幫你選到了理想的型號。」

「是這樣沒錯……」我沿著賣場的樓梯往下走，才沒走兩步，吳子楊就伸手過來攙扶我。

「可以嗎？身體還會痛嗎？」

「都過好幾週了，雖然肛裂確實沒好得這麼快，也沒到痛到需要攙扶的地步。」我沒好氣地白了他一眼。

「還是小心一點比較好。」吳子楊皺著眉，他扶著我的腰，忽然笑了下，「你好像終於長點肉了，果然每天都給你吃牛肉是對的。」

「拜託你別再帶牛肉過來了，我吃到快吐了。」我不滿地抗議。

再說了，我會變胖其實不是因爲牛肉，而是因爲受了傷，哪裡都不能亂跑，成天躺在家裡吃吃喝喝，自然就胖了。

彷彿怕我直接從樓梯滾下去，吳子楊一路摟著我到了一樓，這才鬆開我。

商場的一樓展示著幾臺彩色液晶電視，我掃了一眼便準備離去，沒想到電視上剛好播放著新聞，林青凡的面孔就這麼出現在螢幕上。

我瞬間僵住了，整個人定在原地，看著畫面底下跑過「林氏企業內鬥曝光，董事會大量拋售股票，市價一落千丈，大批內部人員出走，公司分崩離析，慘遭陳家企業大舉收購」的新聞標題。

林青凡也是夠狠，居然乾脆撕破臉了，直接放出了林氏企業內鬥的消息，還說服董事會拋售股票，投資客見股價一跌，也紛紛跟進拋售，造成了雪崩式的效應。

難怪他當時會買進那麼多自家公司的股票，大概就是爲了等這一刻帶頭拋售吧。

我衷心鬆了一口氣，林青凡安全脫身了，而且得到了他想要的自由，這代表我的犧牲沒有白費。

吳子楊走到我的身邊，柔聲詢問：「看什麼？」

「新聞。」

吳子楊瞥了一眼電視螢幕，用輕鬆的語氣說：「據說林氏企業的垮臺是有人從很久以前就計劃好的，不知道是不是眞的。」

「是眞的。」

吳子楊訝異地看著我，「你怎麼能確定？」

「半夜夢到的。」我敷衍吳子楊，目光卻沒離開螢幕上的林青凡。

林青凡出席記者會時站在後面，穿著一身的黑西裝，看上去有點不耐煩，好像想回家了似的。

這麼普通的模樣，我卻一看就移不開眼。

或許是我看得太過認眞，吳子楊又偏頭問：「你在看什麼？」

「只是看見一個……認識的人。」我微微遲疑，說出「認識的人」四個字時，感覺心臟揪了一下。

我不曉得該怎麼定位林青凡，也許到了最後，林青凡對我來說眞的會就只是一個認識的人。

我曾經那麼希望他能接近我，哪怕一點點也好，事實卻是他離我越來越遙遠了。

也許有那麼一天，我將再也碰觸不到他，可能那天就快到來了也說不定，畢竟林青凡已經不需要我了。

想到這裡，我的胸口有股被撕開的感受。我努力地深呼吸幾次，穩住自己的情緒，之後垂著頭說：「我們回去吧。」

吳子楊注視著我，他沒有立即抬步，反而靠了過來，用指尖摸摸我的眼角，柔聲問：「你眼眶都紅了，沒事吧？」

「沒事，我本來眼眶就這樣。」

「亂說。」吳子楊的手指停留在我的臉頰上，悠悠說道：「顧曇，你怎麼老是這樣？嘴硬地說著沒事，看起來卻又這麼可憐，這要我怎麼放得下你？」

我眨了眨眼，茫然地瞧著吳子楊。

我看起來可憐嗎？我從不這麼覺得，根本只有吳子楊覺得我可憐吧。

氣氛變得有點微妙，幾乎可說是曖昧了。我皺起眉，不太確定吳子楊有沒有意識到，還是我想太多了？

吳子楊捏了一下我的臉頰，隨後抽回手，「我們去吃晚餐吧，今天吃牛排。」

「不要再吃牛了！」

我哀號著，瞬間把剛剛的疑慮拋到腦後去了。

幾天後的下午，我靠在工作室的窗臺邊，無精打采地撥弄從家裡帶來的吉他。陽光正好，下午的微光斜斜射入室內，落在吉他上。我歪著頭，一邊隨意撥出幾個和弦，一邊胡亂哼唱幾句。

一道高大的身影忽然闖入我的工作室，門也不敲就跑了進來。這麼沒禮貌，顯然不是天天來報到的吳子楊。

我抬起頭，瞄了一眼面前的人後，冷淡地說：「哦，是你啊，洩密人。」

劉弦走過來，往我坐的椅子重重一踹，凶神惡煞地喝斥：「你叫誰洩密人！」

「你啊，要不是你把我供出來，我會在暗巷裡被性侵嗎？不就還好我的身體有練過。」我自嘲地說，又撥了一次吉他弦。

「渾蛋！我今天就是要來解釋這件事！」劉弦咬著牙，滿臉憤怒，「不是我把你給供出來的，是我的經紀人。我將事情的來龍去脈告訴了他，結果他爲了我的安全著想，就把消息給轉出去了。」

「你的經紀人還眞敬業。」我語帶諷刺，「看來我肛門撕裂的這陣子，你確實過得很安全嘛。」

「我已經換了經紀人，這種事不會再發生了。」劉弦雙手環胸，接著竟開始教訓我：「話說回來，誰叫你不聽我的勸告？我早就警告過你不可以小看林氏企業的手段，你還沒放在心上。」

「這種時候還在檢討受害者，助教你眞是有同理心啊。」我對他翻了個白眼。

「混帳！你還頂嘴！」劉弦又踹了我的椅子一腳，力道挺大的，我的椅子都歪了。

「別一直踢我的椅子，這是公物，會壞……」

「對不起。」劉弦忽然提高音量，大聲打斷我，臉色難看到了極致。

「……什麼？」我驚得差點讓吉他掉到了地上。

「我說對不起！你耳朵有問題嗎！」劉弦又氣又窘地吼，「我沒發現經紀人把你供出去了，害你受傷，對不起可以嗎！」

他那個暴跳如雷的態度，一點也不像道歉該有的樣子，不過劉弦居然向我道歉了，這是天要下紅雨了嗎？我應該錄起來每天播放，記念這歷史性的一刻。

我抱著吉他，又彈了兩下，而後聳聳肩，「反正事情也過去了，就這樣吧，我大發慈悲接受你的道歉。」

「你……」劉弦像是想要發作，但又硬是把怒火壓下來，轉而說了句：「吉他少玩點，你吉他彈得難聽死了，唱歌也難聽死了，還不如快去畫作業。」

「那是你不懂欣賞，我唱的是名曲。」我彈出幾個和弦，慢慢地唱著：「Time to……say goodbye。」

「根本聽不出來是同首歌！你未免降太多key了！音準又差！吵死了！」劉弦留下一大堆抱怨，甩門離去。

我笑了笑，坐在窗邊繼續仰頭彈著我的吉他。

我原本也以爲被性侵的事會讓我過不去，當然受打擊是一定的，可是我意外的沒有整個人被摧毀。或許是因爲這使我停止了約砲，我總算放棄在一個又一個一夜情對象中，絕望地尋找林青凡的影子。

一個噩夢竟把我帶離了另一個噩夢，想想還眞好笑。

林青凡應該快要復學了，對於這一點我特別害怕。我不確定他又會做出什麼事情，我又該怎麼面對他。

最痛苦的不是已經得到的，也不是已經失去的，而是那些以爲可以得到，卻又一次次落空的期待。

我試過太多方法了，我試過得到他，試過推開他，試過把他當成陌生人，試過把自己弄得一團糟，這才發現即使如此，林青凡仍從未從我的心中離開過，一刻也沒有。

我偏著頭，讓陽光落在我的指尖，我輕輕撥動著吉他弦，低聲重複唱著那句「Time to.....say goodbye」。

不知道這次是不是終於可以向他說再見了。

✦

天氣很冷，尤其入夜後更是，我穿上了最厚的毛衣和羽絨外套，並圍上圍巾，把自己全身裹緊後才出門。

學校裡正在舉辦聖誕市集，點著燈的攤販在校園裡的大道兩側一路延伸，看上去十分耀眼，一旁的文學院還搭起舞臺開了露天演唱會，歌手被擴音器放大的歌聲不時傳來。

吳子楊等在文學院的前方，一見我就大力揮手，像是怕我沒看見一樣。

我走到吳子楊面前，把臉埋進圍巾當中，低聲地問：「你是沒其他朋友了嗎？聖誕節還約我出來？」

「就是要跟你一起逛啊。」吳子楊笑了笑，指著文學院說：「我們先去頂樓吧。」

「頂樓有什麼嗎？」

「夜景！」吳子楊揚起大大的笑容，情緒好像特別高昂，拉著我的手臂就往電梯的方向走。

來到頂樓外的天臺，眼前的夜景確實十分漂亮，配合聖誕節的緣故，道路兩旁和許多店家都點上了燈，繽紛的燈光驅散了一絲寒意。

風很大，我的臉被吹得都僵了。我俯瞰底下縮小的世界，腦海浮現的卻是林青凡，以及參加畫展那天，我們一起在陽臺上看夜景的畫面。

吳子楊拉著我的手，興奮地說：「很漂亮吧？一年就只有這麼一次。」

「嗯，很美。」我點點頭，用手機拍了張照，忽然想到我的社群挺久沒更新了，於是順手把照片上傳。

吳子楊佇立在我身邊，似乎猶豫了許久才開口：「顧曇，你有喜歡的人嗎？」

我的手一顫，手機險些摔下樓去。

怎麼回事？吳子楊要找我聊戀愛煩惱嗎？我可是最差勁的人選啊，我連自己都救不了！

硬著頭皮，我小心地選擇措辭：「算是……有在意的人吧？」

「這麼巧，我也是。」吳子楊低聲笑了笑，「對於那個在意的人，你有做了些什麼嗎？」

「我做的事情可多了。」我抬起頭，望著一片漆黑的夜空，口中吐出一團白煙，「我什麼都試過了。」

「結果呢？」

「我看起來像是一切順利的樣子嗎？如果一切順利的話，我還會跟你出來過聖誕節？」

「說的也是。」吳子楊的語調仍是一貫的溫柔，我卻察覺到他那掩不住的失落。

我回頭注視著吳子楊，其實他長得挺好看，尤其是側臉。他有著一頭黑色短髮，眼眸細長，戴著一副黑框眼鏡，鼻子到下巴的弧度十分柔和，整個人散發優雅的氣質。他對我真的很好，如果早點碰見吳子楊，我會喜歡上他也說不定。可惜我現在心裡的空間非常小，小到只裝得下林青凡一個人。

頂樓的風實在太強，我瑟縮了下，吳子楊馬上就注意到了，貼心地說：「我們下去吧，別著涼了。」

我點點頭，率先邁步返回室內。

此時手機微微震動，我瞥了眼螢幕，發現是林青凡在我的動態下留言，內容寫著：

學長現在在學校裡嗎？

我不禁苦笑，不打算即時回覆，於是我直接滑掉了那條訊息通知。

聖誕市集中人山人海，我被擠得差點喘不過氣來。

吳子楊原本走在我身側，在弄丟了我幾次後，他乾脆抓住了我的手。我試圖把手抽回，吳子楊卻抓得很緊。

「你的手太冰了，去買杯熱可可暖暖身子吧。」像是沒注意到我的抗拒，吳子楊的語氣依舊柔和。

「吳子楊，你幹麼？」我低頭看了一眼他的手。

「怕弄丟你。」

「才不會，你擔心得太多了。」

「以防萬一，還是抓著吧。」吳子楊沒理會我的抗議，慢慢走到一個攤位前方，點了杯熱可可。連付帳的時候，他都沒鬆開我，單手就從皮夾裡拿出了零錢。

我接過吳子楊硬塞過來的熱可可，低頭啜了一口，濃郁的甜味在舌尖上擴散開來，我這才想起自己已經被他請過好幾次了，連中餐都經常是他請客，我的心裡突然有些罪惡感。

很快，我們走到了這側市集的盡頭，人少了許多。不遠處的教室裡漆黑一片，唯有紀念堂前方立著一棵巨大的聖誕樹。

我抬頭凝視那棵聖誕樹，上面的燈串閃爍著，猶如星辰映在我的眼底。

「學長！」一個再熟悉不過的聲音響起，我僵了一瞬，以爲自己出現了幻聽。

我睜大眼睛轉過頭，林青凡就站在那裡。他好像是一路跑過來的，明明是這麼冷的天氣，他卻滿頭大汗，喘氣時吐出一團團的白煙。

林青凡穿著大學T，外頭套了刷毛外套，面龐的輪廓被聖誕樹上七彩的光芒照亮。他看了看我，又看了看吳子楊和我牽著的手，臉色一下子就變了，充滿朝氣的表情蒙上一層痛苦。

我眨了眨眼，不解地問：「你已經復學了嗎？」

「還沒，我下個學期才復學。」林青凡回答時少了以往的開朗，聽上去甚至帶著一絲隱忍的難受。

「那你怎麼在這？」

「我看見學長發的動態，心想如果來了學校，也許就能在聖誕節見到學長了。」林青凡微微一笑，看上去卻異常苦澀，「所以我就開車從家裡過來，在這邊等著，想說學長一定會來聖誕樹這裡。」

我茫然地確認：「你家不在學校附近吧？開車過來不是也要挺久？」

「對，我也不知道自己在想什麼。」林青凡搖搖頭，語調軟軟的：「我只是覺得……能在聖誕節見到學長就好了。」

這一刻，林青凡的模樣幾乎可以說是無助，他垂頭看著我，似乎有點受傷，我卻不明白他的哀傷從何而來。

我不曉得該說些什麼，只好回了一句：「恭喜你，脫離了家裡的掌控，你終於自由了。」

「是啊，我把自己手上的股份都賣了。」林青凡望著我低聲說：「這都要謝謝學長的幫忙。」

林青凡朝我靠過來，幾乎在同一時間，吳子楊用力一扯我的手，輕聲提醒：「顧曇，我們還有另外一邊要逛。」

我轉頭看了下吳子楊，視線又回到林青凡身上，感覺氣氛有點古怪。

畢竟我答應了吳子楊要一起逛市集，不好就這樣丟下他，因此只能尷尬地對林青凡說：「抱歉，我要先走了。」

林青凡的目光瞬間變得銳利，抬眸瞪了吳子楊。吳子楊裝作沒有察覺，拉著我迅速離開。

走了幾步，我還是放不下心，回頭瞧了一眼林青凡。

林青凡仍是站在聖誕樹下，顯得失落萬分，整個人都縮了起來，宛如小了一圈。一見我回頭，林青凡突然一掃頹喪，振奮起精神用手圈住嘴巴周圍，大聲地對我喊道：「學長！聖誕快樂！你要等我回來！」

我想回他一句聖誕快樂，但吳子楊硬是把我給扯走。他抓著我的力道很大，我的手都發疼了，抗議了幾次他卻像沒聽見似的，走得飛快。

這下我終於忍不住了，我甩開吳子楊的手，擰著眉問：「怎麼了？吳子楊，你今天也太反常了吧？」

吳子楊停下腳步，他注視著我，抿了抿嘴，眼底壓抑著什麼。他深吸一口氣，之後用一貫的溫柔嗓音說：「抱歉，我抓得太大力了嗎？弄痛你了？」

他說話時依舊那麼的溫和，我卻注意到了語尾藏不住的顫抖。

我走到他的身邊，抬頭看著他，「有點，你看我手都紅了。我們還是並肩走就好了吧。」

「好。」吳子楊苦笑。

那晚後來，吳子楊都沒有再試圖靠近過我。

第五章　證明

大四下學期開始的第一天，系上在早上八點排了一場演講。美其名是讓大家吸收新知，然而美術系的學生都習慣了熬夜兼晚起，哪有早上八點聽演講的精神？各個在臺下睡得東倒西歪。

演講結束後，我根本不記得內容是什麼，揉著眼睛走出了系館。原本想回租屋處補眠，卻遠遠看見林青凡等在美術系館前方，直接毀了我的如意算盤。

一見到我，林青凡就衝了過來，一副黃金獵犬般的興奮模樣，清澈的嗓音朝氣十足：「學長！好久不見！」

望著那張熟悉的笑臉，我回以一個勉強的笑容。

林青凡眼底亮亮的，「學長，這麼久不見，你要不要一起去吃早餐？」

我忽然有些想笑。

過了這麼久，我反反覆覆地想著林青凡復學後，我們的關係是否會變得尷尬，想到腦袋都亂了。林青凡卻像個沒事人似的，問我要不要一起去吃早餐。

他還是那樣，對我的掙扎一無所知。

我思考了很久，不知該怎麼回應，正苦惱著，就有人從後面拍了下我的肩膀。我轉過頭，看見吳子楊站在我身後。他穿著淺藍色襯衫和黑色長褲，明明是挺普通的搭配，吳子楊穿起來就多了一種氣質。

他手中提著一個小小的透明塑膠袋，撥了下自己的黑髮，柔聲對我說：「顧雲，我剛剛聽見了，你還沒吃早餐，對嗎？」

「……對。」我直覺地不安。

說不上來是哪裡不對勁，不過吳子楊和林青凡見面時，氣氛總是很詭異。尤其是林青凡，此刻他突然表現出強烈的警戒，光是站在他旁邊，我都彷彿能感受到赤裸裸的敵意所帶來的刺痛。

還沒來得及認真思考，吳子楊便直接抓起我的手，把他提著的塑膠袋塞進我手中，又繼續說：「現在早餐店裡面人很多，你要等很久的，我的這份早餐你帶回去吃吧。」

「啊？那你吃什麼？」我無法理解眼下的狀況，整個人有點當機。

「沒關係，我不餓。」吳子楊保持微笑，轉向林青凡輕聲開口：「顧雲平時都起得很晚，現在八成正準備回去補眠，在這種情況下，你居然打算讓他陪著你吃早餐？在想什麼呢？」

被吳子楊破壞了邀請，林青凡的臉色自然不會太好看。他咬著牙反駁：「我和學長還在聊天，你這樣介入是不是有點沒禮貌？更何況我都還不知道你是誰！」

像是故意要刺激林青凡，吳子楊微微一笑，「你不知道我是誰？我們見過啊，聖誕節的時候，我不是牽著顧曇逛市集？你明明看見了。」

「你……」

「而且在更久之前我們也見過，林青凡，你記性真不好，我們都認識這麼久了。」

吳子楊的語調依舊溫和，林青凡的臉色卻變了，顯得相當困惑。過了一會，他才遲疑地問：「你怎麼知道我的名字？」

「剛剛我不是說了？我們早就見過了。」

「是……在哪堂通識課上嗎？」

吳子楊笑了起來，淡漠地說：「你再這麼糊塗下去也好，笨成這樣，我看顧曇很快就要棄你而去了。」

「你說什麼！」林青凡的反感全寫在臉上。

我在旁邊看得頭都痛了。

平時那麼溫柔的吳子楊，一碰見林青凡就渾身帶刺，宛如不把對方給扎出好幾個洞就不甘心。

眼看兩人可能真的會打起來，我趕緊在旁邊拍了拍手，哄小孩似的說：「好了好了，停，你們兩個大庭廣眾之下這樣丟不丟人啊？吳子楊，早餐還你，我不吃了。林青凡，你也是，我也不跟你去吃早餐，都不要吵了。」

說完，我把早餐塞回吳子楊手中，然後對著他們揮揮手，瀟灑離去。

爲了一份早餐吵成這樣，眞不知道這兩個傢伙腦子裡在想什麼。

這時我還不曉得，這件事只是個開端，林青凡和吳子楊之間的糾葛現在才要開始。

✦

吳子楊站在一座純白的女性雕塑前，歪著頭打量了幾秒，而後疑惑地問：「顧曇，你知道這個作品想表達什麼嗎？」

我回頭瞧了一眼那座雕塑，毫不猶豫地搖頭，「誰知道。」

「你是美術系的，卻還是看不懂藝術作品嗎？」吳子楊忍不住笑了。

「這些知名藝術家十個裡面有八個腦袋有問題，剩下兩個死得早，天曉得他們想表達什麼。」我吐了吐舌頭。

系上最知名的藝術家大概就是劉弦了，標準的腦袋有問題，沒什麼好說的。

吳子楊走過來，搖頭表示：「你這麼說會惹藝術家們生氣的。」

「誰管他們生不生氣。」我環著胸，靠著美術館的牆面，「你看完了嗎？應該夠寫報告了吧？」

吳子楊有一份關於美術館的通識報告要交，明明隨便寫一下交差就行了，他卻說什麼都要我陪他一起來美術館。我已經說過了好幾次，我來了也不會有什麼幫助，他硬是不聽。

果然吧，我就只負責說藝術家的壞話。

吳子楊無奈地回答：「你是不是很希望早點出去？」

「當然啊！外面有海灘耶！還有夜市！」我率先往外走，還不忘補一句：「我想吃烤魷魚。」

「我請你吃吧，就當謝謝你陪我來一趟。」吳子楊對著我微笑，表情流露出寵溺。

一離開美術館，我便逕自往海邊走去，沙灘的距離很近，沿著石板路往下走一段階梯就能到了。回頭望去，純白的美術館就坐落在不遠處，有種乾淨的美感。

海浪的聲音在四周迴盪，我踢掉鞋子，提著鞋慢慢地在沙灘上走，沙子摩擦著皮膚，觸感細緻，浪潮的聲響猶如一首沙啞的歌。

走沒幾步，我發現吳子楊沒跟上來，因此我停下腳步，回頭喊了他的名字：「吳子楊！」

時間接近天黑，視線不是很好，我久久都沒聽見吳子楊的回應，忽然有點慌，於是匆匆地往回走，一邊走一邊有點不確定地又喊了他幾聲。

就在我陷入焦急的時候，吳子楊忽然出現在我面前，我看著他，有些不滿地問：「你去哪了？我找了好久！」

「去買烤魷魚，你不是說要吃嗎？怎麼一出來就往海邊跑？」吳子楊還是那副極有耐性的態度，他把烤魷魚塞進我的手裡，「稍微走一走吧。」

「好。」我咬著烤魷魚，大力點頭。

吳子楊這幾個月請了我好多東西吃，總像是怕我沒吃飽一樣，大概有一種餓是吳子楊覺得我餓。

寒假才剛結束，初春的空氣仍帶著一絲冷意，再加上海邊的風大，我的頭髮被吹得不停飛揚，忍不住打了個冷顫。

吳子楊一下子就注意到了，他拉住我的手，放進他的口袋裡面，輕聲地說：「這樣比較暖和。」

我看著吳子楊的側臉，他圍著一條白色圍巾，圍巾也因強烈的海風揚起，在他身後翻飛。如果是其他人，這麼穿恐怕會讓人覺得做作，可吳子楊就是帶有毫不違和的文青氣質。

我咬了口烤魷魚，低下頭很慢地開口：「吳子楊，你在追我，對嗎？」

我不是林青凡，再遲鈍也該感受到了。吳子楊那淡淡的溺愛，以及對我異於常人的關注，實在太過明顯。

吳子楊回頭望了我一眼，在昏暗的光線下微笑著反問：「你覺得呢？」

「你不要這樣比較好。」

「嗯？爲什麼？」即使被我拒絕，吳子楊也沒擺出任何一點不高興的樣子。

「我已經告訴過你了，我有在意的人。」

吳子楊沉默了下，輕聲地問：「是林青凡嗎？」

我仰起頭，嘆了一口氣，「我表現得很明顯嗎？」

「對，從你看他的表情就知道了。」吳子楊的語氣流露出失落。

「既然已經知道了，那就快放棄我吧。」

「不要。」吳子楊的嗓音一如既往的柔和，我卻聽出了其中的堅定，「我不介意你現在心裡有林青凡，我可以等到你忘掉他爲止。」

「但是我介意。」我垂著頭，無精打采地說：「我不希望你變得跟我一樣。」

我太懂了，我也曾經那樣亦步亦趨地追著林青凡，等待他回頭瞧我一眼，而我並沒有等到，我不要吳子楊跟我一樣經歷這麼殘忍的事。

吳子楊抓著我的手緊了緊，不死心地說：「顧曇，你就讓我試一試，別趕我走，好嗎？你可能怕會傷害我，但我不怕。」

聽吳子楊那麼說，我忽然笑了起來，雖然我的笑聲很快被浪潮的聲音給淹沒，然而吳子楊聽見了。他挑眉靜靜看著我，低聲問道：「我這麼說很可笑嗎？」

我低著頭，緩緩地說：「不是，只是聽你這麼一說，我才突然想起來，其實我以前特別玩得起，常常和人交往幾個月甚至一兩個星期，玩玩就分手了，根本不在乎是不是傷害了誰，現在我卻在乎得不得了，挺諷刺的。」

要不是遇見了林青凡，我可能還會一直這樣玩下去，讓一個個陌生人在我的身上烙下記號，卻沒人能在我的心上留下痕跡。

「咦？」吳子楊瞪大了眼，似乎相當驚訝。

「眞的，我可以每天都跟不同的男人上床。你之前看到我身上的那些傷，全是我約砲時弄出來的。」我把放在吳子楊口袋裡的手抽回來，「吳子楊，我不是你想像的那種人，我沒你想得那麼可憐，我只是活該。」

吳子楊倏地停下腳步，他轉過身，定定地看著我，「你才不是活該，是你遇上的人都不懂得珍惜，如果是我的話……一定會好好對待你。」

他的表情很認眞，隨後伸出手捏住了我的下巴。我知道他在忍耐，但我無能爲力，只能讓他繼續忍下去。

過了許久，吳子楊才鬆開我，苦澀地說：「我們走吧，天色暗了。」

他那麼的難過，語氣惆悵得像心臟被我打了個大洞，口吻卻還是同樣的溫柔。

我點點頭，讓吳子楊走在前面。我默默地跟在他身後，不禁覺得吳子楊眞衰。

他應該去找個跟他一樣的人，一樣溫柔又雞婆的人，兩個人開開心心地膩在一起。偏偏他喜歡上了我，還追得這麼苦。

吳子楊，你眞他媽慘。

手中的烤魷魚已經冷掉了，我咬了一口，硬得跟橡皮一樣。

「不好吃。」我低低地說，又重重嘆了口氣，聲音一下子就被海風給吹散。

✦

春天氣溫多變，這幾日天氣又突然轉冷，當林青凡再度出現在我的租屋處門口時，身上穿了毛衣。

我打開大門，一下對上林青凡閃亮的眼神，他還沒進門就興奮地嚷嚷：「學長，你快幫幫我！」

「幫什麼？」我茫然地看著他。

最近林青凡不知吃錯了什麼藥，黏人程度比以往高了一倍，我幾乎天天都見到他，不曉得他今天又在玩什麼新花招。

林青凡拿出一張皺巴巴的水彩紙，抵在自己的下巴，「我選了一門藝術相關的通識課，但我不會畫圖，學長你幫幫我吧。」

我用怪異的目光打量他，「不會畫圖還去選藝術相關的通識？你自討苦吃幹麼？反正學期才剛開始，你快退選吧。」

「不要！我就要選！」林青凡意外的堅持，「如果我多學一點藝術相關的知識，應該就會跟學長有更多共通話題了吧？我可不想輸給那個吳子楊！」

我不禁暗暗在心裡嘆氣。

你不想輸給吳子楊什麼？我看是吳子楊不想輸給你才對吧？吳子楊可是向我告白，卻被我徹底拒絕了，你根本贏得不費吹灰之力，只是你不知情而已。

林青凡，我對你來說到底算什麼？說出曖昧的話，一遍遍地給我希望，又一遍遍地把我甩開。就算我再笨，也該明白要避開傷害了。

於是我搖搖頭，對著林青凡淡漠地說：「這種東西你隨便畫畫就好了，通識課而已，教授通常不會太嚴……」

話還沒說完，林青凡冷不防抓住了我的手腕，十足任性地說：「不要，我就是要學長教我，拜託學長幫幫我，不然我要大叫了。」

我一愣，「大叫什麼？」

我剛問完，林青凡立刻扯著嗓子喊：「顧曇學長！你太壞了！怎麼可以劈腿那麼多人！你這花心大蘿蔔！」

哇靠！造謠啊！還指名道姓，過不過分！

我住的地方隔音極差，而且房東就住在同層樓。林青凡這樣一喊，恐怕整層的人都聽見了，我還要住在這邊一個學期，面子還是要的啊！我可不想之後每次見到房東都得承受他誤會的目光，很難解釋啊！

我趕緊把林青凡拉進房間，迅速關上門後黑著臉罵：「你搞什麼！有必要用這種骯髒手段嗎？」

「不用這種手段，學長根本不會讓我進來呀。」林青凡一臉無辜。

每次只要惹我不開心了，他就會擺出這種表情，乖乖地挨罵，害我鬱悶無比卻又氣不了多久。

都進來了，林青凡顯然不可能乾脆地走人。我嘆了口氣，把桌面稍微清了下，然後對著林青凡揮揮手，沒好氣地說：「過來，畫完了就快回去。」

林青凡馬上興高采烈地跑過來，把紙往桌上一放，又從背包裡倒出一些全新的繪畫用具，顯然是剛剛才買的。

我替他準備洗筆用的水，並幫他找了張參考圖，之後就靜靜地坐在他旁邊，看著他打草稿。

林青凡離我很近，我只要伸手就能碰到他，我忍不住去想自己會花多久的時間遺忘他。十年後我還會不會突然想起他？林青凡又會不會想起我？

腦袋裡再度開始有點亂，源源不絕冒出的想法弄得我頭疼，於是我把椅子拉遠了一點，隔著一點距離看著他。

這個距離感終於讓我失控的思緒消停了些。

我靠上椅背，注視著林青凡被檯燈照得昏黃的側臉，偶爾指點個幾句。

由於畫得太專注，我們居然都忘了時間的流逝，等林青凡畫完已經是三個多小時後的事了。

眼角餘光瞄到桌上的時鐘，我這才驚覺將近半夜了。我連忙催促林青凡：「時間很晚了，你快回去吧。」

「我的畫還沒乾。」林青凡沒有要動的意思，他坐在椅子上，眼巴巴地瞧著我。

「我借你吹風機，快吹乾了就回去。」

「可是學長……吹乾都過半夜了，我也沒車回家了。」林青凡又端出委屈的語氣。

「那我幫你叫計程車，車錢算我的。」

「學長，我半夜自己搭計程車多不安全啊。」

我停了下來，想了想才意識到林青凡這樣拖拖拉拉是在打什麼主意。我用力搖頭，堅定地拒絕：「你想住我家？不可以，絕對不行。」

林青凡在身邊時，我光是要控制腦袋裡亂七八糟的想法就夠累了，要是他住下來，我大概不用睡了。

「拜託，我不會添麻煩的，真的就只是想借睡一晚而已，睡在地板上也行。」林青凡睜著大眼，壓低聲音再度強調：「而且學長真的要讓我一個人回去嗎？我自己一個人走太不安全了。」

我的身子頓時一震，在暗巷中被強暴的回憶席捲而來。

林青凡是故意這麼說的嗎？他明白只要提起這件事，我就不會讓他自己回去，對吧？

我有些不悅，如果這是林青凡的打算，那未免太過分了。但林青凡的表情看上去是那麼的天真無辜，彷彿完全不曉得自己說了什麼樣的話，也不曉得這番話所帶來的傷害。

思緒在腦中轉了一圈，我的喉嚨發乾，許久後才很慢地說：「好吧，你只能睡地板。」

林青凡幾乎要歡呼起來，他勝利似的高舉雙手，跑到我的床鋪旁就直接栽了下去。

我在他身後大喊：「我說只能睡地板！」

話語中的慌亂滿溢而出，我只能祈禱林青凡沒有察覺。

當我驚醒時，正值凌晨三點。

我倏地睜開眼，冷汗浸溼了我的衣服和枕頭，眼角還有一滴淚水沿著臉頰緩緩滑落，那種感覺在黑暗裡更加清晰。

瞬間清醒的我沒辦法立刻睡回去，於是在床上挪了下姿勢，又翻了好幾次身，卻始終無法再睡著。

「學長……你睡不著嗎？」林青凡帶著睡意的嗓音忽然從床鋪旁的地面傳來。

我的身體緊繃了一下，小聲道歉：「抱歉，吵醒你了嗎？」

「沒關係。」林青凡撐起身子，用慵懶的語氣問：「沒事吧？你一直翻來覆去的。」

「沒事，就只是做了個夢而已。」我低聲說，嗓音有點啞，還微微顫抖，「我……夢到了顧寧。可能因為他的忌日快到了，每當這個時候，我就比較容易想起他。」

「夢見了什麼？」

「也沒什麼，就是夢見顧寧救回來了，他沒有死，然後我還推著他出院。」我笑了笑，卻藏不住怪異的彆扭，「是個好夢呢，不過可能正因為是好夢，醒來之後才更不能接受吧。」

我很慶幸此時四周都是黑的，林青凡看不清我現在的表情。那種心底缺了一塊的感受又回來了，這麼多年來，我一直在試圖補上顧寧離開後留下的那個洞，卻好像越弄越糟。

這一瞬間，我感到無盡的空虛。

或許是我的聲音帶點哽咽，林青凡不確定地問：「學長，你在哭嗎？」

「沒有。」我趕緊揉了揉眼睛，把剛流出的眼淚擦掉。

林青凡沉默了下，隨後淡淡地說：「學長，你弟弟的事情並不是你的錯，你不要再這樣苛責自己了。」

「不，就是我的錯。之前我沒跟你說清楚，我不是有事才沒趕回去關心顧寧，我當時只是在外頭玩而已，我爲了自己的快樂，放棄了我的雙胞胎弟弟，讓他自殺了。」我摀著臉，喃喃地說：「事後想想，明明有許多跡象顯示顧寧已經瀕臨崩潰，我卻完全沒放在心上。這件事使我忽然明白，我是個多麼差勁的人。」

直到現在，我都不敢去想顧寧當晚向我求救時是什麼心情，不敢去想他沒收到我回訊時的表情，更不想知道他究竟是抱著怎樣的絕望，才會在一片漆黑之中站上七樓的陽臺，以及他從高空墜落撞擊到地面時，究竟有多麼疼痛。

不過我最不敢去想的，還是如果我當晚趕到了他身邊，是不是這一切就不會發生了。

從那天之後，我就被困在夢魘裡面，永無止盡地對著已不存在的人道歉，即使他再也無法原諒我。

林青凡摸索著抓住了我的床沿，我能察覺到他輕巧地爬上床鋪。

我渾身一僵，下意識地往內縮，靠著冰冷的牆壁警戒地問：「你想做什麼？」

林青凡沒有回答我，他只是擅自鑽進我的被子裡，抱著我的肩膀，把我按進他的懷裡，我的頭就抵在他的胸口上。

林青凡的心跳聲十分清晰，他的體溫炙熱，呼吸時的吐息輕噴在我的耳側。

「別擔心，學長，我會在這邊陪著你。」林青凡低低地說，聲音柔和得讓我的心頭微顫。

我原本沒那麼想哭的，然而林青凡的語氣太過溫柔，令我險些情緒失控。我趕緊深呼吸幾次，穩住情緒，他身上的薄荷氣味意外的讓我安心了點。

林青凡的手原本放在我的後背，我感覺到他的手臂移動著，挪到了我的腰側，指尖開始輕輕摩娑。那動作有點過度親密，甚至帶著情色的味道，林青凡的呼吸變得粗重，他低下頭，蓬鬆的髮絲掠過我的臉頰，接著親暱地親了親我的頸子。

這個距離已經完全不對了，我感動的情緒徹底消失，取而代之的是撤離的念頭。

我一把推開林青凡，卻瞬間被他拉了回去。下一秒，林青凡將我壓在床上，一邊把我的衣服往上拉，一邊啃咬我的鎖骨。

「林青凡！你發什麼神經！」我吼了他一聲，林青凡卻像沒聽到似的，反而咬得更大力。

事到如今，我也不打算手下留情了，我屈起腿，狠狠一踹林青凡的小腹。林青凡痛得悶哼一聲，我趁機跳了起來，按亮床頭的燈。

燈亮之後，我見到林青凡抱著肚子，整個人蜷縮在床上，看來我確實踢得夠大力，看他痛成這樣挺解氣的。

我又伸手過去用力拍了下林青凡的腦袋，惡狠狠地對著他罵：「林青凡，你做什麼？你是覺得只要自己撲過來，我就會乖乖給你上嗎？」

「不是……不是那樣的……」林青凡忍耐著疼痛，扭曲著臉回答：「我就只是……

沒忍住而已。」

「沒忍住？去看畫展的那天，你撲上來時也這麼說，根本只是覺得我好上吧？」我明白自己該繼續發火，深深的無力感卻取代了怒氣。我失落地問：「林青凡，在你心裡我就這麼隨便嗎？」

「不是……」

我嘆了口氣，摸著自己剛被咬過的鎖骨，「算了，反正覺得我隨便的人很多，你也只是其中一個。」

「不是的！我沒有那麼想！」林青凡急了，他想靠過來，我卻往後縮，因此他停住了自己的動作，僵在那裡無措地說：「我只是……很喜歡學長，所以學長在身邊的時候就沒有控制住。」

我愣住了，呆看著他幾秒，這才愣然開口：「你……到底在說什麼？」

「我一開始也不太明白，爲什麼我到了國外不怎麼想念白亦君，反而一直想見學長。爲什麼我聽見學長要跟我絕交時，會慌亂到好像快瘋了。爲什麼我會在畫展那天克制不住地冒犯學長。爲什麼我發現學長把自己的身體搞壞，就像是心要碎了一樣。爲什麼我寧可冒著被家族發現的危險，也要來看學長一眼。還有爲什麼見到吳子楊牽著學長時，我整個人會痛苦得無法呼吸。」林青凡一字一句地說，語氣從一開始的慌張，到後來越發堅定，「我想了很久，才明白我已經喜歡上學長了。」

我不知道自己現在究竟是什麼表情，我的呼吸亂了，而且整個世界都在天旋地轉，如果我現在站起來的話，肯定會馬上倒下去。

林青凡的語氣十分眞誠，可是對我來說訊息量太大了，一時之間實在接受不了。

「你……什麼時候……」我斷斷續續地問，甚至拼湊不出一句完整的話。

「什麼時候眞的喜歡上學長的嗎？我也不太清楚，也許是在學長甘願冒著危險幫我的時候，或許是在我出國的前夕，也可能是在很久以前，學長教我怎麼做愛的時候……」林青凡苦笑了一下，誠懇地說：「但我從來沒有覺得學長很隨便，一次也沒有。學長在我心中一直都是非常重要的人，不管發生了什麼事都會站在我這邊，所以請學長別再這麼說自己了。」

我頓時感覺自己愚蠢無比，一直以爲林青凡沒有把我放在眼裡，結果其實他都看見了，還放在了心裡？

原來我過去的那些糾結，全是一場誤會嗎？

可能見我半晌都沒有開口，林青凡嘆了口氣，「我明白了，突然說了這麼多，學長也無法接受吧。」

「對。」我僵硬地點點頭。聽林青凡這樣說，我好像應該開心才對，但實際上我根本不知該如何應對，甚至不確定該不該相信他。

「我不會勉強學長現在給我答案，今天就先睡了吧。」林青凡伸手過來，似乎想碰我的頭髮，而我迅速閃開了。

對於我的反應，他顯然有些受傷，不過也沒再說什麼。他乖乖地翻身下床，回到了地板上的位置躺好，把棉被拉上。

我伸手熄燈，縮回被子當中，然而怎樣也無法闔眼。

這注定是個無眠的夜晚。

林青凡醒來時已經將近中午了，我瞥見他從地上坐起身，揉了揉自己的眼睛，之後就把目光投向坐在畫架前的我。

「學長，你這麼早就起來畫圖？」林青凡的聲音帶著明顯的睡意。

「不早了，都快十點了。」我乾笑了下，沒告訴他我其實整晚都沒睡著，後來天都亮了，我乾脆起床畫點東西。

林青凡伸了個懶腰，站起來走到我的身後，「學長，我想問很久了，你怎麼沒搬家？」

「搬家？」

「我以爲學長發生了⋯⋯那種不好的事情後，至少會換到比較熱鬧的地方住，這邊太不安全了。」

「因爲我是簽一年的約，提前搬要付違約金，太虧了。」

「學長，你還真是粗神經……」林青凡仰天長歎，「不過也還好你沒搬走，不然我就找不到學長住哪裡了，還得另外去查。」

要是知道會被你找上，說不定我反而會搬家呢。

我忍不住在心裡嘀咕。

林青凡靜靜地站在我身後，乖乖地看我打草稿，好半晌才用清澈的嗓音懇切地說：「學長，昨天晚上那些話，我並不是腦袋一熱才脫口而出的，我已經想告訴你很久了。我確實對其他人心動過，可是學長是第一個讓我這麼放在心上的人，請你一定要相信我。」

我握著筆的指尖微顫，林青凡的每個字都重重敲在我的心上。即便都糾結了一整晚，我對態度如此認真的林青凡仍是一點辦法也沒有。

我已經做過太多次放手的心理準備，因此當林青凡真正回過頭來時，我反而遲疑了。我不確定他究竟帶有幾分真心，而我又該以怎麼樣的情緒面對這樣的他。

林青凡靠近了一步，我能感覺到他的視線，卻不敢回頭。

「學長，我丟下了你很多次。」林青凡說得很慢，像是想讓我清楚聽見他說的每個字，「但我這次不會走了，再也不走了。」

我的手僵在那裡，停滯在畫面的一角，不曉得接下來該往哪裡畫。

我想了好一會，才勉強擠出一句話：「證明給我看。」

聞言，林青凡不解地歪著頭，「證明？」

「不要只是說說，用行動證明你眞的喜歡我。」

至少我要確認林青凡不只是玩玩而已，雖然我也不確定他到底該怎麼證明，我才能夠眞正相信。

林青凡沉默了幾秒，再度開口時，語氣變得嚴肅：「我明白了，我會證明給學長看的。」

留下這句話，林青凡就逕自離開了我的租屋處。

聽見身後大門闔上的聲音，我的心臟宛如吊上了喉嚨。

老實說，我完全猜不透林青凡會如何證明他自己，頓時有點後悔說出那番話了。

隔天中午，我坐在工作室裡，面前是一碗牛肉燴飯。

熱氣蒸騰的畫面，在其他人眼裡看來多半十分誘人，可是我已經連續吃了太多天牛肉，因此忍不住抱頭對著吳子楊哀號：「拜託你不要再買牛肉給我當午餐了！我眞的不想吃了！而且我最近身體好很多了，沒必要吃了吧？」

吳子楊一揚眉，二話不說抓起我的手腕，淡淡地說：「哪裡好很多了？太瘦了，多吃蛋白質。」

「好歹也換一下其他的肉吧！」我拍著桌子抗議。

倒掉又覺得浪費，所以我每次抗議完都還是會乖乖吃掉，也難怪吳子楊敢這樣每天都買。

正當我和吳子楊僵持不下的時候，工作室的門開了。我訝異地回頭，中午時分會闖進我的工作室的，也只有吳子楊了，結果現在卻來了第二個？

一看見進門的人，我的嘴巴整個張大，想都沒想就喊了出來：「林青凡？」

林青凡爽朗地喊了一聲：「學長！」

話音才剛落，他就看見吳子楊抓著我的手腕，臉色立刻沉了下來。

吳子楊的表情也變了，他鬆開我的手，雙手環在胸前，語氣轉冷：「你來這裡做什麼？已經沒你的位置了。」

他這麼說也不算錯，我的工作室本來就是單人的，空間不大，如今塞了三個大男人在這裡，場面既擁擠又詭異。

「我站著。」林青凡把手中的東西往桌上一放，盯著吳子楊面色不善地問：「我才想問你在這裡幹麼？」

「我在跟顧曇吃飯，這你都沒看出來？」吳子楊的口吻幾乎可說是炫耀，「我話說在前面，我可是比你先來的，在你處理家裡那些鬼事情的時候，我每天中午都在這邊和顧曇吃飯。」

「你……」林青凡想發怒，但說到一半便猛地停下，驚訝地問：「你怎麼知道我回家處理事情？學長跟你說的？」

突然被點名，我趕緊澄清：「我不是，我沒有，不是我說的！」

不過這下連我都感覺奇怪了，吳子楊是怎麼得知林青凡那陣子在處理家裡的事？除了我和劉弦，消息並未洩露給其他人。

明明被我和林青凡緊盯著，吳子楊依舊沒有要解釋的意思，他只是看了我一眼，柔聲說：「顧曇，你快吃吧，別餓著了。」

我正想動筷，林青凡卻攔下我。他從帶來的袋子當中取出一盤壽司，擺在我的面前，「不要吃那種黏糊糊的東西，吃點新鮮的吧。」

看見晶瑩剔透的鮭魚握壽司，我毫不猶豫地推開了牛肉燴飯，夾了一貫來吃，不禁露出了幸福的表情。我吃牛肉吃到快吐了，說得誇張點，壽司對現在的我來說根本就是米其林等級的美食。

林青凡露出勝利的神情，得意洋洋地看著吳子楊。

吳子楊對上林青凡的目光，淡淡地說：「這麼投機取巧，還眞像你會做的事，林青凡，你沒怎麼變嘛。」

聞言，林青凡再次惱怒起來，「夠了吧？你總是說著一些像是很了解我的話，但我根本不認識你，好歹你也報上名字。」

「我叫吳子楊。就算報上名字，你恐怕也還是想不起來吧？」吳子楊嘲諷似的笑了下，「這麼說好了，以前犯下的錯，你有好好懺悔了嗎？」

「你到底在說什麼？有種就講清楚。」林青凡毫不讓步，惡狠狠地嗆了回去。

眼看情況不妙，我趕緊抬起手擋在他們兩人中間，「停！這裡是我的工作室！再吵就都不要吃了！」

此話一出，林青凡和吳子楊還真的不吵了，不過微妙的尷尬沉默壓得我差點喘不過氣，非常想乾脆奪門而出。

過了半晌，吳子楊才率先打破詭譎的安靜，開口問我：「顧曇，下週三你有空嗎？」

我想了想，老實地點頭，「有空。」

「那你的下週三我先預訂了。」吳子楊勾起一笑，刻意提高音量：「林青凡，聽見了嗎？顧曇的下週三我先預訂了，我們要去看博物館特展。」

我險些被壽司給噎到。

我都還沒答應要去啊，怎麼就擅自決定了！

還來不及出聲，林青凡便整個人跳了起來，大聲地喊：「卑鄙！我不管！學長的下週三是我的！我們要去看電影！」

怎麼連這個也要爭？週三是有哪裡好？而且我這個當事人都沒講話，這兩個人在那邊搶什麼！

我瞪了他們一眼，大聲地說：「吵死了！你們爭成這樣，都不用問一下我的意見？

下週三我們三個一起去KTV夜唱，就這麼定了，都別吵了！不然統統不要去！」

我一吼完，林青凡和吳子楊又安靜下來，但同時露出了心有不甘的表情。

該不會以後每天中午吃飯都是這幅光景吧？那我還不如自己吃算了，這兩個人吵起來簡直沒完沒了。

我一邊咬著壽司，一邊頭疼地心想。

第六章　生日

過了好一陣子，我才意識到林青凡和吳子楊吵著週三要和我出門的原因，那天是我的生日。

只不過我這個人對生日一向無感，經常到了當天才想起來。

這下可尷尬了，我們三個居然要在我生日這天一起去KTV夜唱，用膝蓋想也知道會是一場腥風血雨。

然而不曉得是不是怕我發火，吳子楊和林青凡在包廂中居然安分了好幾個小時，普通地唱唱歌，吃點外面自助吧的東西，和平得讓我有點不習慣。

正當我慶幸著他們兩人相處融洽時，林青凡點了一首〈Monsters〉，吳子楊看著歌名就笑了出來。

林青凡皺起眉，轉向吳子楊問了句：「你笑什麼？」

「沒什麼，只是覺得這首歌挺適合你的。」吳子楊微笑著解釋：「Monsters，怪物。」

林青凡臉色一沉，放下麥克風冷冷質問：「吳子楊，我再問你一次，你到底對我有什麼意見？」

「林青凡，那我也再問你一次，以前犯下的錯，你有好好懺悔了嗎？」吳子楊撐著下巴，放慢語速，「吳子楊這個名字你想不起來，那陳子良這個人你還記得嗎？」

我明顯地感覺到林青凡身子一僵，臉色轉瞬變得慘白，不像他該有的樣子。

我有些緊張，站起身想開口打圓場，但林青凡伸手制止我。歌曲伴奏已經開始播放，林青凡卻沒有重新拿起麥克風的意思，他只是靜靜望著坐在點歌機旁的吳子楊，許久才低聲說：「你怎麼會知道那個名字？」

吳子楊揚起輕蔑的笑，冷靜地回答：「因爲我就是陳子良，我就是那個在許多年前，被你栽贓下毒的孩子。林青凡，你明明很清楚我是無辜的，對嗎？你卻仍然指控是我做的，你可知道我之後過著怎樣的生活？」

林青凡頓了頓，「如果你是陳家的人，你怎麼會不姓陳？」

「我必須改名，吳是我的母姓。在下毒事件之後，我在學校裡根本待不下去，只能轉學，且爲了不讓別人發現我是陳家的孩子，我不得不拋棄這個姓氏。而我家的產業還被林氏企業吞掉了大半，差點就無法再東山再起。」吳子楊偏著頭，包廂中的昏黃燈光映在他的半張臉上，令他多了一絲危險的氣息，「林青凡，你要我怎麼看你呢？你就是個怪物啊，把我的人生毀掉的怪物。」

「吳子楊……」林青凡想說些什麼，隨即又露出若有所思的表情，把話語吞了回去。

「你當初是有選擇的，你可以選擇把眞相說出口，你卻站在了家族那邊，僞裝成天眞的模樣，把我推落地獄。」吳子楊的語氣流露出赤裸裸的恨意，再次重複了一遍：「你這個怪物。」

林青凡注視著他，這一刻，他整個人的氣息爲之一變，就像我在參加畫展的那天曾感受到的，冷漠而難以捉摸。不久，他終於開口：「我明白了，我向你道歉，對不起。」

吳子楊宛如被當頭潑了一盆冷水，他盯著林青凡，冷聲問道：「就這樣？」

「不然你希望我怎麼做呢？我當年也是被逼的，並非針對你。」林青凡平靜地說，彷彿在闡述一件理所當然的事實。

「你不覺得自己應該要懺悔嗎？你直到現在都還是一樣，一副人畜無害的樣子，卻把身邊的人都害慘了，顧曇也是被你拖下水的受害者之一！」吳子楊似乎一下子被戳中了痛處，憤怒地提高聲音，「你之前試圖弄垮林氏企業時，我們陳家也有幫忙，那時我們的各種情報都是共通的，沒錯吧？」

林青凡乾脆地回答：「沒錯，那又如何？」

「所以顧曇會被林氏企業底下的黑道攻擊，這件事你早就知情吧？但你卻袖手旁觀。」

「不，那件事我不知道。」林青凡想都沒想便否認。

「說謊！陳家這邊都知道了，你怎麼可能不知道？只是因爲太危險了，你當下才會沒有去找顧曇吧？」吳子楊站起來，雙手插在口袋裡，一字一句地說：「順帶一提，當時我得到情報後就過去了，所以顧曇是我救回來的。如果我再晚一點到，後果可眞不堪設想。」

我瞪大了眼睛，呆呆地看著吳子楊。

原來吳子楊會出現在那邊並不是什麼巧合，他原本就是局內人，我是由於他的莫名善心才僥倖得救。這些有錢人還眞會玩啊！

林青凡再度否認，顯得十分不滿，「說了那件事我不知道，學長是我重要的人，我怎麼可能放著他身陷危險？你少隨便替我扣帽子。」

氣氛異常緊繃，我吞了吞口水，擔憂地瞧了一眼吳子楊，他的臉色變得扭曲，停頓了幾秒後，才慢慢開口：「像你這種人，說什麼我都不會相信的，我也不會允許顧曇和你這個混蛋交往。」

「你允不允許有差嗎？」林青凡譏諷地笑了下，「你趁著我不在時纏上學長，手段已經夠難看了，而且追了半天顯然學長不喜歡你，你也該放棄了吧？」

林青凡話音剛落，吳子楊就一個箭步衝上去，大力扯住林青凡的衣領，毫不猶豫地朝林青凡臉上揮拳。

林青凡偏頭一閃，我聽見拳頭砸下發出的沉重聲響，他的額角仍是被打傷了。吳子楊的表情陰沉得嚇人，面對我時的那份溫柔蕩然無存，徹底流露出當年受傷時那種原始的恨意。

再這樣下去，他們兩個多半會直接拚個你死我活。

想到這裡，我趕緊跑了過去，使勁拉開吳子楊和林青凡，「夠了！你們全都給我住手！」

接著，我從地上抄起林青凡的背包，塞進他手中，瞪著他的臉說：「你先回去。」

林青凡搗著剛被打過的額角，小聲抱怨：「又不是我先動手的……」

他話還沒說完，就注意到我立刻黑了臉，於是他識相地閉上嘴，聽話地被我推出包廂。

我送林青凡走到前檯，雖然氣得不行，但看見他腫起來的額角又有些於心不忍。嘆了口氣，我朝林青凡招招手，「過來，給我看一下傷。」

林青凡露出委屈的表情稍稍彎腰湊近，可憐兮兮地說：「好痛，吳子楊打得好大力。」

我檢查了下林青凡被打的的地方，除了瘀血外並無大礙，顯然吳子楊還是有留力。我放下心，忍不住念了兩句：「吳子楊會失控還不是因爲你亂說話！你明知道自己造成了吳子楊的創傷，爲什麼還要激怒他？」

「吳子楊可是情敵，我怎麼可能對他保持溫良恭儉讓……」

「林青凡！」見他絲毫沒有反省，我不滿地提高音量：「等你們兩個人都冷靜點了，你要再好好道歉。」

林青凡還是一臉不太情願，但他注意到了我的堅持，於是放軟態度，拉住我的手低低地說：「我知道了，都聽學長的。」

他仍不認為自己錯了，只是怕我氣他。

「你啊……」我揉了揉眉心，忽然很希望林青凡的思考邏輯可以像個正常人點，但這多半是不可能的。我只能無奈地說：「算了，你先回去吧。」

「學長不和我一起走嗎？」

「我要回去看一下吳子楊，他情緒快崩潰了，我不能丟下他不管。」

「學長就是太溫柔了，我才老是擔心你會被搶走。」林青凡捏了捏我的掌心，語氣參雜著嫉妒。

「你還好意思說？事情會變成這樣，你要負很大一部分責任。」我沒好氣地反駁。

「我知道了啦……」林青凡又是那副無辜樣，之後他忽然想起了什麼，從背包當中取出一個袋子交到我手裡，「這是禮物，學長，生日快樂，抱歉把你的生日搞成這樣。」

我收下盒子，並未作聲。

「還有……我是真的不知道學長被黑道盯上了。如果當時知道的話，我說什麼都一定會趕過去。」林青凡神情難受，「我不明白爲什麼陳家那邊得到了這個消息，而我卻不知情，或許是陳家也在調查林氏企業，學長……」

林青凡越說越快，還略顯慌亂，似乎急了，我趕緊打斷他：「沒事，現在已經沒事了。」

明明面對吳子楊的指控時，他還一副毫無罪惡感的模樣，說起我被襲擊的事卻急得像熱鍋上的螞蟻。

其實他的辯解沒什麼道理，劉弦都料得到我可能被林家找麻煩了，難道林青凡會想不到嗎？可此刻他看起來是那麼的誠懇且焦急，這令我不禁迷茫。彷彿要是我不這樣安慰他，他便會脆弱得整個人崩毀。

林青凡垂眸靜靜望著我，隨後靠了過來，傾身抱了我一下。他的身子有點涼，我的心不禁微微一揪。

隨後林青凡鬆開我，對我擠出一個微笑，然後輕聲地說：「那我先走了。」

我點點頭，目送著他離開的背影，接著低下頭，從林青凡給我的袋子中取出禮物來。

那是一盒便攜式的固體水彩，我摸著充滿質感的鐵盒，感受著盒身帶來的些許冰冷。

當我回到包廂時，已經是半個小時後的事了，吳子楊恢復了平時的溫柔態度，關心我是否累了。

我沒回答他，只是坐回了他身邊，盡量以平靜的語氣說：「吳子楊，我知道林青凡讓你很生氣，不過你突然動手還是太危險了。」

吳子楊表情微微一僵，再度開口時少了些原本的溫和，多了些冰冷：「抱歉，嚇到你了吧？」

「不是嚇到我的問題……」

「我不會原諒林青凡的。」吳子楊打斷我的話，「我給了林青凡機會懺悔，他卻把我的尊嚴踩在腳下。他曾經有機會跟我和解，他自己糟蹋了。」

吳子楊把玩著手上的麥克風，眼神冷硬中帶著絕望。

見狀，我只能在心底嘆氣。我不是不能明白他的憤怒，而現在顯然暫時不適合再談論這個話題了，因此我拿起點歌本交給他，示意他點歌。

吳子楊從善如流，接連唱了幾首歌，唱得還挺好。可惜我因爲心情亂糟糟的，沒辦法專心去聽。

時間來到早上八點，我們的包廂時段也結束了，吳子楊跟我一起慢慢走到KTV外面，打算搭車回家。

沿著馬路往公車站走去，此時天已經亮了，陽光灑在我們兩人身上，帶來一絲暖意。我走在吳子楊身側，抬頭看了他一眼，「吳子楊，你一開始接近我，其實是因爲林青凡吧？」

吳子楊遲疑了下，點點頭，「對，我是一年前轉來這所學校的，就是衝著林青凡而來。」

「想教訓他一頓？」

「當然。」吳子楊望著我，溫柔地說：「當時我就開始調查他了，也查到了你。」

我有點累了，睡意讓我的反應變得比平常慢，我思考了一下後才問：「所以……你一開始會接近我，其實也只是爲了得到更多林青凡的情報？認爲我手上可能握有什麼他的祕密？」

「對。」吳子楊沒有否認的意思，「你跟林青凡的關係，還有你過去混亂的私生活，我早就都知情……我對你的一無所知，是裝出來的。」

「你的演技眞好。」我扯了下嘴角，感到有些諷刺。

「但我對你的感情是眞的。」吳子楊停下腳步回過頭，烏黑的眸底藏著陽光的碎屑，「顧曇，你可能會覺得我是騙子，或是覺得我僞善，可我是眞的喜歡你，就算我全身上下都是虛假的，只有這件事百分之百眞實。」

我注視著他，沒說什麼，只是對他笑了笑。

這瞬間我忽然發覺了，吳子楊事實上是個冷酷的人。溫暖僅僅是他的僞裝，如果有需要，吳子楊恐怕能比任何人都要狠。

經歷了下毒事件後，無論是林青凡還是吳子楊的性格都些微地崩壞了，雖然他們彼此或許都沒有意識到這一點。

吳子楊和林青凡很像，他們都受傷在很小的年紀，一部分的靈魂似乎永遠停留在了創傷發生的那一刻，帶著未曾和解過的恨活了下來。

吳子楊伸出手，小心翼翼地碰了碰我的臉頰，彷彿把我當成易碎品。他垂下目光，苦澀地說：「我一開始心想，林青凡那麼在意你，也許可以把你從林青凡身邊搶走，讓林青凡痛不欲生，結果自己卻先淪陷了，眞是亂七八糟的。」

他的語氣極輕，話語一下子就消融在早晨溫暖的空氣當中。

我望著吳子楊，不禁猜想著他到底有多喜歡我，有像我喜歡林青凡那樣深刻嗎？有像我喜歡林青凡那樣痛苦嗎？

我不是個對文學感興趣的人，但此時我的腦中竟浮現一個很久以前讀過的句子。

情不知所起，一往而深。

不管是我還是吳子楊都一樣。

傍晚時分，天邊殘留著幾抹夕陽的暖色，我扛著畫板，小心翼翼走出了工作室，準備回家畫完剩下的部分。

如果要說在遇襲事件後最大的改變，就是我不敢在工作室待得太晚了，我開始習慣把作品帶回租屋處完稿。

我往前走了幾步，正準備離開系館，忽然聽見後面傳來熟悉的聲音：「顧曇！等等！」

我回過頭，吳子楊就站在我身後。他大概是一路跑過來的，停下來的時候還在不斷地喘著氣。

吳子楊穩了穩呼吸，這才開口說道：「幸好你還沒走，我忘記給你東西了。」

我把畫板放在地上，靠著我的腿，「什麼東西？」

吳子楊從口袋中掏出一個方形的小盒子，放到我手中，「這是給你的生日禮物，早上忘記給你了。顧曇，生日快樂。」

我摸著那個盒子說：「謝謝你。」

「你打開來看看。」

我依言打開了盒子，裡面躺著一隻手錶，樣式還挺好看的。我把錶翻到背面，這才發現是名牌，不過設計相當低調，不會讓人感到炫富。

不愧是陳家的人，出手如此大方，雖然這錶不是我會戴的東西。

我慢慢地把盒子蓋回去，低聲回答：「我會好好收藏的。」

吳子楊點點頭，看上去沒有幾分喜悅。他垂眸用溫和的嗓音問：「林青凡傳了訊息過來向我道歉，是你給他我的手機號碼，叫他那麼做的嗎？」

「對。」我乾脆地承認。

吳子楊苦笑了下，「你知道林青凡是怎麼處理家裡的事情嗎？他什麼手段都用上了，不管和他親不親，只要擋了他的道就會出事，還有人在背後喊他是條瘋狗，我看他就只聽你的話。」

聽著吳子楊充滿酸意的語氣，我嘆了口氣，「你根本沒打算跟林青凡和解，對嗎？」

「當然，林青凡說他搞垮了自家的企業，也算是幫我復仇了，要我原諒他。」吳子楊一嘆，露出嘲諷的表情，「原諒他？他是爲了自己才搞垮林氏企業，又不是爲了我，憑什麼我這樣就必須原諒他？」

我望著他，慢慢地說：「吳子楊，我知道你恨林青凡，不過和解對你來說也是件好事。」

吳子楊的眼神轉冷，僵硬地問：「顧雲，你這是在幫林青凡說話嗎？」

「我不是因爲喜歡林青凡才替他說話，但下毒的事情不只是對你，對林青凡而言也是傷害。」我頓了頓，又繼續說：「更何況，林青凡自己也看不慣林氏企業的行徑，硬要說的話，你們其實算是同一陣線。」

吳子楊大力搖頭，像是在拒絕我的說法，他的臉上流露出一絲難受，輕聲地問：

「顧曇，不管怎麼說，林青凡都害我度過了好一段悲慘的時光，所以我無法就這樣原諒他。我更無法理解他到底哪裡好，讓你這麼喜歡他。」

「哦，林青凡確實是沒有哪裡好。他很遲鈍，常常一句話都不說就搞失蹤，總是做些讓人誤會的舉動，把我氣得半死。」聞言，我反射性地抱怨起來，邊說邊覺得這傢伙的劣行眞是罄竹難書。

吳子楊輕輕一笑，「即使如此，你還是喜歡他，對嗎？」

我像被噎到似的，立刻停了下來，過了好一會才點點頭，「對，我還是喜歡他。」

「顧曇，難道我就不行嗎？我哪裡不夠好，我改就是了。」吳子楊的嗓音仍是一樣的溫柔，他對我從沒有失去耐心過，可我能明顯聽出他聲音當中的心碎，以及無盡的掙扎。

我搖搖頭，「不是你不夠好，你很好，只是我有病，我就只喜歡林青凡。」

吳子楊應該是對我最好的人之一了，我無法想像究竟是什麼支撐著他，天天都跑來我的工作室，確認我吃飽了沒，只因爲我的一點點回應就暗自開心。

或許眞的只是時機不對，要是我早點碰上吳子楊，說不定我們就在一起了。我不會被林青凡折磨，吳子楊也不會被我折磨。

眞是造化弄人。

吳子楊低下頭，垂在身側的手指緊握成拳，指甲深深陷進了掌心的肉裡，那應該很痛，他卻毫無感覺的樣子。

我只能眼睜睜看著吳子楊崩解，卻束手無策。

再次抬起頭來時，他整個人彷彿都黯淡了，眼底也失去了所有光芒。他抿了抿發白的嘴唇，用幾乎破碎不堪的嗓音問：「我真的沒有機會了嗎？」

我再度搖搖頭，「對不起。」

對於吳子楊的心痛，我什麼也做不了。我只能盡快讓他死心，讓他早點從這份痛苦中解脫，這是我唯一能給他的仁慈。

吳子楊鬆開自己的手，他瞧了瞧自己的掌心，又瞧了瞧我，表情十分茫然。他宛如一座雕像般，呆呆地佇立在原地許久，之後才開口問我：「顧曇，你願意跟我約會一次嗎？」

「什麼？」

「這個週五下午，你願意跟我去約會嗎？」吳子楊深深凝視著我，哀傷地說：「我做不到以朋友的身分繼續待在你身邊，看著你喜歡林青凡。和我約會一次就好，讓我留下一個紀念，之後我就會徹底放手，這樣可以嗎？」

他看上去是那麼脆弱，好似把整顆心都放到了我的掌心，而我的一句話決定了他是否心碎。

我實在無法再度拒絕，掙扎了一下後，便點了點頭：「好，約會，就一次。」

「謝謝你。」吳子楊抬起頭，露出一個勉強的微笑，「顧曇，對不起。」

我不禁困惑，不懂吳子楊爲什麼突然向我道歉。

第七章　暴君

吳子楊選擇的約會地點在他的家中。

雖然平時頗低調，但吳子楊畢竟是陳家的人，住所自然不會太平凡，我一踏進他家就暗暗在心裡驚呼。

屋子不算特別大，不過也有兩層樓，裝潢充滿了現代感。一樓的客廳和廚房皆是挑高設計，搭配北歐風格的簡約家具，整體裝潢採用莫蘭迪色系，雖然簡單，卻散發出掩藏不住的高級和優雅，我不禁感慨吳子楊的品味眞的很好。

我在一樓繞了一圈，之後就坐到客廳的沙發上，和吳子楊隨意聊天。我們看了一部電影，還打了幾場遊戲。

我以為吳子楊會向我提出一些要求，例如抱他一下，或是牽他的手，讓這次的見面更像約會一點。然而吳子楊沒有，他只是帶著一貫的溫暖微笑，與我保持著朋友般的紳士距離。

對於這樣的情形，我並沒有多想，只當吳子楊是看開了，想在最後留下身為朋友的美好回憶。

直到夜幕低垂，我才放下手中的電玩手把，轉頭望了一眼純白牆面上的掛鐘，「時間差不多了，我該回去了，今天很高興可以跟你見面。」

吳子楊對著我露出輕淺的笑，垂眸晃了晃自己的電玩手把，溫柔地拒絕我：「不，顧曇，你沒有要回去。」

我以爲他是在開玩笑，所以也衝著他一笑，「當然有，我明天還有課。」

然而吳子楊搖搖頭，眼底帶著歉意，「對不起，顧曇，我不會讓你回去的。」

我愣住了，一時之間反應不過來，吳子楊隨即拍了下手。

伴隨著那幾聲清脆的聲響，一名梳著油頭的的高眺男人從二樓走下來，踩著沉穩的腳步來到我的身側。雖然穿著西裝，但他袖子底下露出的一節手臂上刺著大片刺青，顯然不是好惹的人。

意識到危機時已經太晚了，我拔腿想跑，卻被那個男人從後方架住，怎樣也掙脫不了。我瞬間怒火沖天，對著吳子楊吼：「吳子楊！你幹什麼！」

吳子楊站起身，把手插在自己的口袋裡，微微傾斜的姿態看上去依舊那樣優雅，只是神情少了以往的溫暖，深色的眸底流露出一絲冷意。他沒有回答我的問題，而是一抬下巴，對著我身後的男人指示：「Eric，我要手機。」

名爲Eric的男人聽命把手伸進我的牛仔褲口袋，取出手機後拋給吳子楊。我看著自己的手機在半空中劃出一道弧線，落到吳子楊手中，頓時驚覺事態失控了。

吳子楊開啟我的手機，皺眉說了句：「需要臉部辨識才能解鎖。」Eric捏住我的下巴，把我的臉擰向吳子楊的方向，吳子楊滿意地點了下頭，將手機對準我的臉解鎖，並開始在上面迅速打字。

我忍無可忍，又吼了一句：「吳子楊！你到底在幹麼！」

吳子楊頭也不抬，用溫和的語調回答：「我在幫你請假，這週你都不用去上課了。」

我身子一震，憤怒混雜著恐懼，使我無法克制自己語氣中的失措：「你這是要綁架我？」

「對。」

「爲什麼？」

「因爲林青凡。」吳子楊放下手機，朝我走近一步，血色的嘴唇抿成了一直線，「對不起，顧曇，我還是必須找林青凡算帳。你是林青凡的軟肋，這是最快的方法了。」

「吳子楊，你不要這樣，這是犯罪。」我放軟了嗓音，近乎哀求，「我知道你不是這種人，現在放我走，一切都還來得及。」

這一瞬間，吳子楊似乎流露出了動搖，他把我的手機放在自己胸前，安靜了好半晌，最後卻還是垂下目光，抱歉地看著我，「對不起，顧曇，我必須這麼做。這幾天你好好地待在這裡，不會有事的，我不在的時候Eric會看著你，只要你別亂跑就好。」

「吳子楊！」我喊了出來，希望他能回心轉意。

然而吳子楊抬起下巴，神情一凜，「Eric，把他帶去客房，最裡面的那間。」

Eric聽令拽著我往二樓走，我拚命掙扎著，但氣力都用盡了仍掙脫不了。

這一刻，我的內心充滿絕望，比起被囚禁，更令我絕望的是吳子楊因爲仇恨而失去了他僅剩的溫柔。

那個從路燈下走來，把我帶出黑暗的人，那個天天陪著我吃午餐的人，那個在海邊對我深情告白的人，最後不該變成如此。

被囚禁的第一天，我半點東西也吃不下，憤怒和焦慮讓我的胃部不停翻攪，一點食慾也沒有。

我的手機在吳子楊手上，他很可能會傳些威脅的訊息給林青凡。一想到這裡，我就害怕得想吐。

爲了防止我逃跑，Eric始終亦步亦趨地跟在我身邊，就算我待在自己的房間裡，他也要站在門口守著，看了就煩。

將近傍晚的時候，我整個人縮在床上，腦袋亂得什麼事都不想做，只能盯著蒼白的天花板發呆。空氣中殘留著一絲涼意，我有點發冷，於是往被子裡面鑽，只露了半個腦袋在外面。

「你很冷嗎？要不要幫你多拿一條被子過來？」

正當我縮緊身子時，熟悉的柔和嗓音突然從頭頂上傳來，我的身體隨之一僵。

吳子楊回來了。

我立刻掀開被子，猛地從床上坐起，吳子楊就站在我的床邊，手中提著一個小小的透明塑膠袋，臉上帶著些許擔憂，似乎眞的怕我著涼了。

我瞪著面前的吳子楊，一個字一個字地說：「吳子楊，你鬧夠了吧？你就不怕林青凡直接報警？這樣你就完了。」

吳子楊幾乎笑出聲來，「不，他不會的，他不會做出這麼傻的事，否則會連累到你。」

「連累我？」

「顧曇，如果警方眞的來了，你要說自己是自願待在這裡的，這不是綁架，也不是監禁。」

我不屑，「我怎麼可能配合你。」

「你會配合我的，顧曇，畢竟你不希望自己的親朋好友出什麼事情吧？」吳子楊撐著下巴，語調溫柔，語句殘酷。

我頓了下，再度開口時，嗓音微微發顫，分不清楚是因爲害怕還是惱怒：「你這是在威脅我嗎？」

「對不起，顧曇，你只要配合我就會沒事的。」吳子楊露出苦笑，坐到了我的床沿，把透明塑膠袋放在自己的大腿上，並從塑膠袋裡拿出一個粉色紙碗。他用指尖把紙碗上的透明蓋子掀開，白色霧氣頓時籠罩了他的面容。吳子楊拿起湯匙，勸哄似的說：「Eric說你今天都沒吃東西，所以我幫你帶了一碗稀飯回來，這比較好入口。」

「我不餓。」我倔強地別開腦袋。

像是沒聽見我的話，吳子楊舀起碗裡的稀飯，貼心地放到嘴邊吹了幾下，之後遞給我，「吃吧。」

我撥開他的手，不耐煩地說：「說了我不餓。」

「你都沒吃東西，這樣對身體不好。」吳子楊的眼神微冷，他的湯匙仍是放在我的面前，唇角勾著笑容，語氣一如既往的充滿耐心，說出的話卻完全相反：「吃掉這口飯，還是我們要試試看灌食，你自己選吧？」

我望著吳子楊，想從他的表情中尋找出開玩笑的意思，吳子楊卻僅是微笑著。

我顫抖地靠近湯匙，生硬地吞下那口飯，恐懼使我嚐不出任何味道。我無法想像吳子楊是怎麼變成這樣的，又或者他本來就是這樣的人，現在只是不再去隱藏他的冷酷。

吳子楊伸手撥了撥我額前的髮絲，無奈地說：「你別用那種表情看我，這都是爲了你好。」

我沒有回答，只覺得心冷。

吳子楊把稀飯放在床頭，隨後起身，體貼似的囑咐：「飯吃完就去洗澡，洗澡的時候浴室門不要全關，Eric會等在外面，確認你沒有做傻事。」

我盯著床上的稀飯，艱難地問：「如果我拒絕呢？」

「那就讓Eric幫你洗，不過我勸你別這麼選擇。」吳子楊淡淡一笑，輕聲地說：「林青凡明天就會來談判了，你還是安分一點比較好，畢竟你也不想讓他擔心，對嗎？」

吳子楊說出這句話時，語氣滿溢著嫉妒，我聽出來了，卻無法顧及他的感受。

我的心一下子懸了起來，林青凡瞬間占據了我全部的思緒。

礙於手機被吳子楊給拿走，我無法得知林青凡有沒有試圖聯絡我。有一部分的我並不希望林青凡來，以免落入險境，可另一小部分的我又是那麼希望能見到林青凡，甚至有點自私地希望林青凡能爲了我過來。

太過複雜的情緒令我胃部再度翻攪，然而我還是不得不端起稀飯，在Eric的注視下緩緩吞下半點味道也沒有的食物。

✦

林青凡來得很早，天才剛亮，我就被Eric帶到了一樓。

遠遠的，我見到吳子楊和林青凡坐在客廳的沙發上，兩人沉默地對坐著，氣氛緊繃得像是隨時都會碎裂。

應該是聽見了我的腳步聲，原本低垂著腦袋的林青凡猛然抬頭，在看見我的瞬間站起了身，顫巍巍地喊了一句：「學長！」

只是那樣一句話，我的胸口便瞬間被柔軟的情緒給填滿。我有點慶幸，慶幸林青凡真的來了，隨即又爲此感到一絲愧疚。雖然我是因爲他才會被囚禁在這裡，然而如果不是我太過大意，也不會落得這個境地。況且比起我，林青凡的處境危險多了。

吳子楊冷眼掃過林青凡，淡漠地說：「你看見了，顧曇沒事，現在坐下，我們來談。」

林青凡戀戀不捨地又看了我一眼，才緩緩坐回沙發上，單刀直入地問：「什麼條件放人？」

吳子楊一挑眉，也毫不拖泥帶水地答：「我要林氏企業垮掉，連餘黨都不要留。」

林青凡臉色一凜，「現在的林氏企業已經換過一批新血了，沒必要做到這種地步。再說，我已經當過一次內奸，花了好幾個月才讓公司的股價開始崩盤，要徹底垮臺必須花上更久的時間，你提出的這個條件不可能實現。」

「讓它實現。」吳子楊的態度冷漠至極。

「你是不是聽不懂人話？」林青凡壓抑著表情，卻掩飾不住語氣中的怒氣，「讓林氏企業整個垮掉得花上幾年的時間，你要囚禁學長幾年？你瘋了？這根本是不可能辦到的事！」

「你可以試試看。」吳子楊游刃有餘地蹺起修長的雙腿，嗓音柔和：「也許我還眞的能囚禁顧曇幾年。」

「你……」林青凡的額角明顯浮現青筋，他深呼吸了幾次，半晌才隱忍般地說：「這樣根本沒法談條件，說點有建設性的。」

「那換你提案，看我接不接受。」吳子楊勾起一抹淺笑，像是享受著自己居高臨下壓制林青凡的感覺。

林青凡撐著下巴，臉部的肌肉微微緊繃，過了數分鐘後才沉聲說：「林氏企業在藝術圈的交易鏈基本上都瓦解了，但還想靠旗下的演藝經紀公司來東山再起。我會去想辦法把經紀公司的轉移合約弄到手，轉移到陳家底下，這樣就相當於把林氏企業目前的核心轉給你了，這個條件如何？」

這個瞬間，我幾乎就要呼吸停滯，宛如被狠揍了一拳般頭暈目眩。

不對，不應該這樣。爲了我賭上林氏企業的核心，這個條件太詭異了。

顧不得Eric站在身後，我慌得喊了起來：「林青凡！你別這樣！不要傻到開這種條件！你給我有骨氣一點……」

話還沒說完，Eric就從後面摀住了我的嘴，讓我的最後一句話變成一團模糊不清的喊叫。

吳子楊偏著腦袋，優雅地輕撫自己的唇，而後點點頭，滿意地說：「可以，那就麻煩你了，請你盡快把合約給帶過來，否則顧曇還眞不曉得要鬧到什麼時候，你說是不是？」

他刻意放慢了語速，嗓音還是那樣柔和，卻充滿嘲諷。

林青凡默不作聲地起身，朝我走了過來，停在離我五步遠的地方，表情隱隱壓抑著憤怒。因爲到了那個距離，Eric就不讓他再接近了。

我依舊被摀著嘴，只能瞪大了眼，努力地注視著林青凡。我不知道自己下次什麼時候才能再看見他，所以拚命地把他的面容給刻在腦海，這才發現原來我很想他，只是這幾天發生了太多事，讓我沒意識到思念早已潰堤。

林青凡也靜靜看著我，他看上去沒那麼生氣了，反而像是在心疼。他放軟了語調，哄著我似的說：「學長，對不起，我現在還沒辦法帶你回去。請你再等等我，我一定會回來找你的。」

他的眼眶微微發紅，帶著少見的黑眼圈，我感覺他的臉色蒼白了不少，髮絲也有點亂。我想叫他別太勉強自己，我沒事的，可是被摀著嘴，我發不出聲音，於是只能使勁搖搖頭，希望他能懂我的意思。

林青凡又看了我一會，他看得那麼認眞，彷彿害怕再也見不到我。隨後，他轉過了身，堅定地邁步往大門走去，我眼睜睜地目送著他挺拔的背影逐漸走遠，消失在視野當中。

此時Eric終於鬆開我，我喘著氣，抱持著報復的心態想要往後給Eric一個肘擊，但果不其然被輕鬆擋下。我有些挫敗，在職業保鏢面前，我的戰力大概跟一隻小貓差不了多少。

吳子楊踏著輕快的步伐走到我面前，他低頭盯著我，長長的睫毛低垂著，而我狠狠瞪了回去。在他的眼底，我能看見自己的身影。

我第一次對吳子楊產生了恨意，他要對我怎樣倒還罷了，可我無法忍受他如此殘忍地對待林青凡。

吳子楊輕輕嘆了口氣，溫和地說：「對不起，顧曇，我知道你非常生氣。」

「你太過分了。」我幾乎是從牙縫裡擠出這句話。

「我明白自己很過分。」吳子楊自嘲地揚起唇角，「不過你應該也很開心吧？林青凡爲了你做出這麼大的犧牲，連家裡的公司都可以不要，這就叫不愛江山愛美人，對嗎？」

要不是Eric把我攔了下來，我就要衝上去往吳子楊的臉揍上一拳了。

宛如沒有感受到我的憤怒，吳子楊摸著自己的下巴，繼續說著：「不愛江山愛美人，其實我挺喜歡這句話，明明是毫無道理的行爲，卻可以用愛情來合理化自己的瘋狂，眞荒唐。」

我想反駁，但吳子楊只是揮了揮手，我就被Eric摀著嘴帶走了。

撇除不能跟外界聯絡，其實吳子楊給了我很大的自由空間，我想玩遊戲或是看影集都可以，只是我沒心情那麼做。

我花了許多時間站在二樓的落地窗邊，默默地望著外面的世界，在堆滿山水石收藏的房間內思考自己到底該怎麼逃出去，或是想著林青凡究竟在外頭做什麼。

原來當隻籠中鳥是這種感覺。

此刻，我照例待在落地窗前，感受著陽光灑落在臉龐上的溫度，光線融在我的眼底，令世界都變得模糊。

被關起來已經快一週了，吳子楊通常晚上才會回來，待在我身邊最久的人居然是Eric，只是他不怎麼說話，我也不太理他。

想到這裡，我不禁回頭瞥了一眼，Eric正站在房間的門口。多虧吳子楊的各種威脅，我的表現還算安分，Eric似乎因此稍稍放鬆了警惕，沒像以前一樣總是盯著我了，剛才甚至還接起一通電話，我猜是吳子楊打來的。

我忽然發覺這是個好機會，以二樓的高度來看，我跳下去說不定會沒事。

心跳瞬間加速，我緊張得掌心出汗，心想要逃就得趁現在，我可能沒有第二次機會了。

於是我悄悄走到一旁，迅速拿起一個多半要價不菲的山水石裝飾品，以迅雷不及掩耳的速度往落地窗砸去。

玻璃碎裂的轟然巨響傳遍安靜的房間，玻璃碎片四散飛濺，在陽光下閃閃發亮。屋內的警鈴響徹雲霄，Eric第一時間就衝了過來。

我扔下石頭，慌張地想要往外跳，Eric卻搶先一步從後面死死拉住了我。他在我耳邊吼了些什麼，但警鈴掩蓋過他的話語，我只聽見一片雜亂的聲響。

在身子被拉回房間裡之後，我的眼眸仍緊盯著那些落在地上的玻璃碎片，覺得萬分可惜。

差一點我就能夠出去了。

吳子楊回來的時候，臉色異常難看。

我坐在客廳的沙發上，呆呆地偏頭收看無趣的電視節目，吳子楊一進門就踩著重重的步伐繞過來，蹲在我的面前，「聽說你今天砸了玻璃。」

我很少見到他這個樣子，焦躁而不安，少了平時那種餘刃有餘的優雅和高傲。

我點點頭，慵懶地問：「砸了，你要拿我怎麼樣？」

吳子楊擰著眉，他抓起我的手，來回翻看幾下，焦慮地說：「有沒有受傷？你砸東西倒是無所謂，別弄傷自己了，我不是叫你不要亂來嗎？」

那發愁的模樣，完全不是個監禁我的人該有的表情。

我幾乎要笑出來，「沒受傷，Eric把我給拉回來了。」

吳子楊彷彿這才想起Eric的存在，他頓時冷下臉，輕輕鬆開我的手，起身走到Eric面前，近乎冷酷地質問：「你爲什麼沒有把人看好？」

Eric聞言彎下腰，做了個九十度的標準鞠躬，同時用低沉的嗓音說：「對不起，是我辦事不力。」

吳子楊嘆了口氣，「把頭抬起來。」

Eric不敢怠慢，立刻打直了腰板，而吳子楊在這瞬間往Eric的臉上揮拳。

我張大了嘴，卻沒喊出聲音，這是我第二次目睹吳子楊動手打人。他下手很重，絲毫不留情面，輕微的碎裂聲響傳來。

Eric的鼻梁可能被打斷了，他摀著臉，血從他的掌心底下滲出。

這已經不是單純的教訓，而是赤裸裸的暴力。

「吳子楊！」我看不下去，帶著恐懼喊了他。

然而吳子楊只是瞧了眼自己手上沾染的血跡，滿不在乎地往襯衫一抹，純白的衣服印上一道觸目驚心的豔紅。他抬起眼，表情十分冷靜，好像什麼事也沒發生一般，甚至還微微一笑，語氣過分平穩：「顧曇，你晚點到我的房間來，我們談談。」

我僵在原地，吳子楊沒理會我，逕自踩著輕快的腳步離開了。

Eric低著頭，他還在流血，血液沿著他的手臂一路往下滴。

我遲疑了下，有些不確定地抽了幾張衛生紙遞給他。

Eric望了我一眼，接過衛生紙，卻不是為了止血。他蹲下身子，開始擦拭地上的血跡，比起疼痛，他看上去更多的是懊惱，宛如氣自己弄髒了地毯。

我緩緩地滑坐在沙發上，屈起自己的腿，把臉埋在膝蓋之間。

我努力回想殘留在記憶裡的、那個溫柔體貼的吳子楊，試圖把那個吳子楊和現在的他連結，卻怎樣也辦不到。

我一直拖到了半夜，才被Eric拎小雞似的帶去了吳子楊的房間。

吳子楊坐在床上，身後墊著幾顆枕頭，手中捧著一本卡謬的《異鄉人》。他修長的指尖翻動書頁，發出細微的沙沙聲響。

房間內擺滿了深色的木製家具，散發出淺淺的檀香氣味，我站在門口，執拗地不想靠近他。

吳子楊倒也不氣惱，他只是放下書，淡淡地說：「你自己走過來，還是要打了肌肉鬆弛劑後再被送過來，選一個吧。」

他給出的根本就不是選項，而是威脅。

如今我深知吳子楊是個說到做到的人，於是不甘願地拖著腳步，挪到吳子楊的床邊，坐在距離他最遠的床沿。

吳子楊拍了拍床單，「說吧。」

「說什麼？」我悶聲回答，無法掩飾語氣中的不悅。

吳子楊一挑眉，「關於最近的事情，你就沒有什麼想問我的嗎？」

我緊扣著自己的指尖，低頭思索。

我確實有許多該詢問吳子楊的問題，只是不知從何問起，因此過了半晌才擠出一句話：「你打算什麼時候放我走？都過一個禮拜了，我的朋友和家人多多少少感到不太對勁了吧？」

「別擔心，我把你的手機送去給專人解鎖了，學校方面替你請了事假，家人那邊也早就告訴他們你在趕畢製，所以最近不會出現，偶爾我還會幫你在家庭群組裡回個貼圖。」吳子楊微笑著說明。

對此我不禁反感，想到這個綁架犯毫不避諱地代替我回訊息，我就一陣不舒服。

我抬起頭，惡狠狠地瞪了吳子楊一眼。

原以爲他會被激怒，沒想到吳子楊只是勾起一抹淺笑，「顧曇，我對你一直很寬容，但你別探我的底線。」

吳子楊還是那樣，說話輕輕淡淡的，卻散發出無法忽視的危險氣息。

我收回視線，萬分惱怒地說：「你把我關在這邊，這樣子叫做寬容？」

「我對你算是非常禮遇了，否則你以爲自己還能走路嗎？」吳子楊笑了起來，「這是我的房子，就算我要你夜夜陪睡，你也不得不從。」

這句話一下子點燃了我的怒火，我抓起身旁的枕頭就往吳子楊臉上砸，雖然沒什麼殺傷力，但已經是離我最近的武器了。

Eric伸手試圖阻止，不過這次他慢了一步，枕頭砸中吳子楊的面龐，把他的眼鏡都打歪了。

吳子楊愣了下，顯然沒料到我會出手攻擊，接著好像覺得很有趣似的笑了。他伸手扶正自己的眼鏡，突然流露出一絲落寞，「顧曇，我就直說了，你能這麼安穩地待到現在，有很大一部分是因爲我還喜歡你。」

我望著吳子楊，當溫柔和殘酷都褪去之後，他剩下的竟是一種安靜的孤獨。

我故意別過頭不看他，不高興地悶聲說：「事到如今你還在說這個？我到底哪裡值得你玩這麼多花招？」

吳子楊用指尖搓了搓下巴，好半晌才慢慢回答：「大概是你時不時會表現出自己的脆弱，可緊要關頭又總是咬著牙硬撐，這種韌性我特別喜歡。」

「聽起來根本不像讚美。」我垂著頭。

「那你呢？你又喜歡林青凡什麼了？你從來沒跟我說明白過。」吳子楊靠著枕頭，低聲問：「好好解釋一次給我聽，讓我曉得自己敗在哪裡。」

我絞著手指，喃喃開口：「說起來還挺可笑的，也許就只是林青凡會普通地看待我，而不是僅僅把我當成一個上床的對象吧。」

我和許多人玩過，玩到後來，根本沒有人會對我認眞，而我自己也不在乎，只要不動眞心，我就可以不斷地玩下去。

但林青凡帶著天眞向我走來，傻乎乎地給我錢，跟我上床，卻還把我當成朋友。就只是這樣普通的原因，我就義無反顧地栽了進去。

吳子楊忽然笑了下，臉上是久違的純粹溫柔。他瞇起眼，輕輕地說：「顧曇，你眞傻。」

「輪得到你說？」我翻了個白眼。

吳子楊舒了口氣，他伸手過來碰了碰我後腦勺的髮絲，微涼的指尖讓我不禁微微瑟縮。

有那麼一瞬間，他好像變回了原本的吳子楊。

可隨後他眨了眨眼，沉默了幾秒，似乎在調整自己的心情，再度開口時，語調又帶上了冷意：「很晚了，我準備要睡了，你也回去吧。」

吳子楊的語氣聽上去十分平淡，不過我明白那就是命令。

我應了一聲，起身離開床沿，大步走到門口，同時暗自慶幸著他沒有強迫我留下來，睡在他身邊。

在我踏出房間之前，也許是早就算準了，吳子楊的聲音從我身後響起：「順帶一提，林青凡似乎瞎了一隻眼。」

我的身子猛地一震，腳步跟著一頓，原本抓住門把的手停下了動作。我回過頭，焦急地問：「怎麼回事？」

「林青凡知道單憑自己的力量無法弄到合約，所以向林氏企業以往合作過的黑道尋求幫助。可能是談判破局了，所以他就被教訓了一下。」吳子楊撐著下巴，瞇起眼繼續說：「顧曇，你真幸福啊，有人這麼喜歡你，願意爲了你鋌而走險，連眼睛都不要了。」

我止不住地顫抖，腦中亂成一團。我想像著林青凡眼睛被戳瞎的情景，他摀著自己眼眸，拱著身子悲鳴的無助模樣，忽然無比害怕，又非常的心疼，心臟宛如被狠狠掐住，都快滴出了血。

我很想對吳子楊大吼，最後發出的聲音卻異常微弱。雖然微弱，不過我說得極慢，好讓吳子楊聽見我每個字裡帶著的憤恨：「吳子楊，你對林青凡做出了這麼過分的事，我絕對不會原諒你的，我會恨你。」

吳子楊安靜地望著我，「也好，如果你不能喜歡我，那至少恨我吧，恨得用力一點，這樣你這輩子都會記住我。」

他勾起一抹扭曲的笑，我第一次見到他露出這種表情，不再優雅，也不再風度翩翩，而是因受傷而扭曲，彷彿這是他本該要有的模樣。

我打開門，頭也不回地走了出去。

吳子楊是披著聖人外皮的惡魔，最溫柔的暴君，這一刻，我衷心希望著哪天他能遭受報應。

早上醒來時，我的頭很昏，腦袋脹得像是正在被不斷敲打，一陣一陣地發疼。

一定是藥害的，大概是怕我半夜逃跑，Eric每天睡前都逼我吞下幾顆白色的詭異藥丸，吃完藥沒多久我便會四肢無力，昏過去似的失去意識。

吳子楊到底從哪弄來這麼多違法的東西？未免太可疑了。

我轉動了一下目光，瞧見Eric動也不動地站在門口，他的鼻梁纏上了難看的白色繃帶，幾乎可說是可笑。

我側過頭去看Eric，發覺現在光線很好，外頭天氣微陰，柔和的光灑落在室內，令整個空間蒙上一層蒼白。我趕緊傾身撈了撈我的背包，從裡面拿出速寫本。

除了手機，吳子楊讓我保留了其他帶來的東西，勉強算是有點良心。

我想找個目標物來畫，但環顧四周都沒有合適的物品，於是我轉頭對著Eric招了招手，「你過來一下，坐在這裡，我想要畫你。」

這是我第一次直接向Eric搭話，然而Eric只是靜靜瞥了我一眼，半個字也沒吭。

我不屈不撓地再次發出邀請，「你就坐在我的對面，一方面盯著我，另一方面還可以坐著，你每天站著腳不痠嗎？」

Eric又瞧了我一眼，他有著一雙細細的桃花眼，時常看不清他的視線究竟落在哪裡。

我用速寫本拍了拍床鋪，認眞地說：「快過來，畫完我們就去吃午餐，不然我就不走，你也不能下去準備食物，我們要餓就一起餓。」

這下Eric終於屈服了。他以微不可察的音量嘆了口氣，拉了一把房間裡的椅子坐到我面前，打直著背，雙手放在腿上，姿勢極爲僵硬。

幾天沒畫圖，握筆的感覺有些許生疏。我描繪著Eric的容貌，用筆勾勒出包在臉上的紗布，想到他畢竟是因爲我砸窗戶才會受罪，我忍不住有點心虛地問：「那個……你鼻子還痛嗎？」

Eric只是冷眼看我，根本沒有要回答的意思。

我只好尷尬地自顧自說下去：「吳子楊那樣對待你，勸你可以趕快離職了，這是暴力傷害啊，我不清楚保鏢的市場有多大，不過總會有其他的就業機會吧……」

「我不會離開陳家的。」Eric難得開口說了一句，聲音低低的，語氣篤定。

我讓畫筆遊走在白紙上，發出沙沙的悅耳聲響，一邊小心地問：「有什麼特殊原因嗎？」

「……我年少時交了不少壞朋友，進出過好幾次看守所。要不是剛好有人把我介紹過來陳家，陳家也願意給我這份工作，我現在也許還在街上鬼混。」Eric的眼底帶著堅定，「我在陳家將近二十年了，小老闆我是從小看到大的，他過去不是這種個性，是個相當溫柔體貼的孩子，只是自從被誣陷下毒之後就變了。當年小老闆最無助的時候，我曾說過會一直陪在他身邊，如今我也會信守這個承諾。」

他的理由除了忠誠，還包括了與吳子楊之間的羈絆，我暗自吃了一驚，沒料到Eric居然會一次說這麼多話。

得知他如此重情義，我也不曉得該怎麼繼續說服他離職了，只好吶吶地回：「好吧……但我還是覺得吳子楊不該那樣。再說你也挺盡責了，不然我早就跑了。」

Eric抿著蒼白的唇，他將雙腿交叉，緩緩地說：「顧曇，我見過小老闆帶回來的幾個交往對象，有男有女，卻從沒見過他這麼呵護著對方。只要你盡量討好他，說不定日子會過得很舒服。」

我笑了下，淡然表示：「我如果能輕易跪下去，現在還會是這個局面嗎？」

「你們學藝術的，骨子裡就是有股傲氣，又理想主義。」Eric搖搖頭，神情無奈，「明明可以不跟陳家爲敵，你卻偏偏要對著幹。」

「我也不想和陳家爲敵啊，還不是被逼的。」我聳聳肩，完成了速寫。放下筆，我看著Eric說：「你都跟著吳子楊那麼多年了，對你來說，吳子楊應該不止是雇主而已吧？」

「小老闆就像我的弟弟一樣。」Eric並未否認。

「如果你眞的這麼想，那更應該拉他一把。」我注視著自己的指尖，「我也曾經有個弟弟，可是我沒有好好照顧他，後來他自殺了，我一直非常後悔。但吳子楊還在，你還有機會把他拉出深淵。」

「拉出深淵？」Eric的目光微微一變。

「吳子楊把我囚禁起來，威脅了林青凡，之前還把你打傷，很明顯正在失控的深淵中徘徊啊！你要阻止他崩潰就趁現在了。」

「沒辦法，小老闆畢竟是我的雇主，我有必要遵守他的指令。」

「但吳子楊對你來說不僅僅是雇主呀！」我努力地遊說，比瞎掰作畫理念時還認眞，「你把他當弟弟看，對於自己的弟弟，你會放任他這樣墮落下去？」

Eric這次沒有回答，他皺著眉，似乎在思索些什麼。說著吳子楊的事情時，他多了一絲人味，少了點一板一眼的冰冷。

眼見對話暫時進行不下去了，我把速寫本上的紙張撕下，遞給Eric，「你的速寫肖像畫，送你吧。」

Eric伸手接下那張速寫，拿在眼前看了幾秒。他好像不太習慣稱讚別人，過了一會才彆扭地說：「畫得很好。」

這讓我的心情不禁好了起來。

自從進了大學，身邊全是會畫圖的朋友和教授，聽到的通常都是批評和建議，我幾乎快忘了被普普通通地說一句「畫得很好」，原來是這麼讓人開心的事。

「謝謝你。」我揚起嘴角，翻身下床，走到房間門口後說：「我們去吃午餐吧。」

這天晚上，我久違地夢見了顧寧。

十一月的夜晚，七樓的高度，他墜落的模樣像隻折翼的燕，失速落下帶起的勁風掀起他的衣角，周遭景象從他身邊飛馳而過，猶如一部快轉的可笑電影。

我並未見過他墜樓的場景，這個畫面卻反覆出現在我的夢中，像是在提醒我，那個悲劇發生的夜晚，也許我曾有機會將他留在人間。

我猛地睜開雙眼，冷汗凝在我的額頭上，眼前是蒼白的天花板。腦袋和漿糊一樣糊成一團，就著昏黃的小夜燈，我注意到Eric睡在一旁的沙發床上，看不清他的神情。

我頓時屏住了呼吸。

沒想到我雖然吃了藥，卻因爲噩夢而驚醒，這簡直是個再好不過的逃跑時機。

我趕緊拍了拍自己的腦袋，試圖用痛覺讓自己清醒一點，我的心跳加速，呼吸也跟著凌亂起來。小心翼翼地爬下床鋪，我努力地不發出聲音，隨後撿起自己扔在地上的背包，躡手躡腳地往外走。

正要打開房門時，Eric翻了個身，我嚇得大氣也不敢喘一下，整個人僵在門口。過了一會，確認Eric沒醒來後，我才緩緩轉開門把，側身出了房間。

沿著樓梯往下走，爲了避免動靜太大引來注意，我盡量在不跑起來的前提下，以最快速度往一樓的大門前進。

無奈由於藥效還在，我的步伐控制不住踉蹌，而且四周又黑得不像話，我摸黑著前行，一路上不可避免地撞到了些東西，只能在內心祈禱不會被聽見。

來到大門前時，過度緊繃的我差不多將所有力氣都耗盡了。我抬手按在門把上壓了幾下，大門卻不爲所動。

我定睛一瞧，這才發現這門出去居然要密碼。

靠！什麼時候裝的？上次林青凡來的時候明明還沒有啊！我看這房子根本就是爲了關人設計的吧，怎麼連出去也要密碼！

我一下子恐慌了起來，趕緊蹲在那個密碼鎖前面，滿頭大汗地思索著吳子楊可能會用哪組數字。

「密碼是你的生日。」

熟悉的嗓音從後方傳來，我狼狽地回過頭，隱約看見一道人影正慢慢地從樓梯上走下來。

另一人跟在他的身後，來到一樓之後，那人負責按亮了燈。

刺眼的燈光讓我頓時瞇起了眼，我用手擋在自己眼前，吳子楊則趁機走到我的面前。他把手伸向大門的密碼鎖，輕輕按出我的生日，大門發出清脆的聲響，應聲而開。

吳子楊望著我，淡淡地說：「你看，我沒騙你，眞的是你的生日，我甚至都希望你能猜對了。」

我眨了眨眼，不禁絕望地問：「你怎麼知道我逃跑了？」

「你撞倒了客廳裡的好多東西，聲音都傳到二樓了，你沒感覺嗎？」吳子楊顯得很無奈，他把我從地上拉起來，上下打量我，「沒想到你這麼快就產生了抗藥性，不是跟你說別亂來嗎？沒受傷吧？」

我搖搖頭，臉都垮了。

吳子楊簡單檢查了一下我的身體，這才鬆了一口氣，「沒受傷就好。」

他抓著我的手，半強迫似的帶我往二樓走去。他並沒有把我送回原本的房間，而是將我帶到他的寢室，我警戒地不想踏入，然而吳子楊像是沒注意到一樣，拍了拍自己的床鋪，溫柔地說：「今晚你就睡我旁邊吧。」

「不可能。」我立刻回絕。

「顧曇，你別逼我。」吳子楊依然是那種清淺的口吻，眸底隱含著難以捉摸的哀傷，「上次我沒逼你，今天就請你配合我。」

「不要。」我還是堅定地否決。

吳子楊嘆了口氣，輕喊了聲：「Eric。」

Eric臉色一變，想了想後，冷靜地勸說：「我建議您不要……」

我詫異地看著Eric，沒想到他眞的把我的話聽進去了，這是我第一次見他反抗吳子楊。

但吳子楊皺著眉，不耐地喝斥：「你什麼時候學會頂嘴了？做就是了，你以爲自己還有選擇權？快點處理，閉嘴出去。」

Eric明顯掙扎了一下，他似乎有些不滿，不過終究沒再說什麼。Eric慢慢來到我的背後，扯住我的手臂，在上頭扎下一針。我都懶得問那是什麼了，反正肯定不是什麼好東西。

果然，過沒多久，我的四肢開始發軟，使不上力。Eric把我一抬，直接丟上了吳子楊的床，替我拉上被子時好像略顯歉疚，還帶著點若有所思。

望著Eric鞠躬離開，我心想Eric總算有進步了，至少他幫我說了一句話，眞是可喜可賀。

吳子楊躺在我身邊，烏黑的眼眸凝視著我，說出的話竟是：「對不起，顧曇，我也是被逼的。」

「你……好意思這麼說……」我的意識逐漸恍惚，卻仍硬撐著，努力地開口嘲諷。

吳子楊鑽進被子裡，從後面輕柔地圈住我，我無力反抗，只能感受著他貼在我身上的體溫，和纖細指尖滑過我的喉結和鎖骨的觸感。

林青凡也這麼做過，換成了吳子楊我卻打從心底抗拒。

「別碰我……」我低聲喝止。

吳子楊的動作頓時停了下來，多半是被我的話給激怒了。他突然翻身壓上來，箝住我的下巴，逼我看他。

我咬著牙，硬是揚起下巴問：「怎麼？你打算……侵犯我嗎？」

戾氣從吳子楊的眸底迸發出來，他粗暴地將衣服扯下我的肩膀，而後靜靜地瞪著，似乎正試圖壓抑自己的憤怒和衝動。

明明只過了幾分鐘，我卻感覺有數個小時那麼漫長。最後，吳子楊深吸一口氣，緩緩鬆開了我。

他到底是饒過了我這一次。

吳子楊躺回原本的位置，捏著自己的眉心低聲說：「顧曇，這話你可能聽不進去，但我還是必須告訴你，林青凡絕對不是善類，你不應該信任他。」

「難道我就該信任你了嗎？」我沒好氣地問。

「比起林青凡，你確實信任我還更好一點。」吳子楊的語氣異常嚴肅，「你要記住，如果有一天你眞的能夠從我家大門走出去，那並不是因爲我輸了，而是我自願退出罷了。」

我想反駁他，然而意識已經離我越來越遠，我半瞇著眼，在一片朦朧中失去力氣。

吳子楊喊了我幾次，我沒有回應。吳子楊大概以爲我睡著了，於是他起身去按熄了電燈，之後踏進一旁的浴室。

過沒多久，透出鵝黃色光芒的浴室隱隱傳出些微怪異的聲響。

我忍不住豎起耳朵，強撐著從浴室半掩著的門望進去，吳子楊的身影出現在模糊的視線當中。他的褲子連同內褲一起褪到了膝蓋處，一手扶著純白的牆面，另一手不斷撫弄自己的下身。

「顧曇……顧曇……拜託你……」吳子楊抬起頭，他微微張著唇，壓抑著呼喊我的名字，我頓時清醒了些。

我從沒見過吳子楊這個模樣，狼狽又絕望，他終究只能待在浴室裡，追逐著我不切實際的幻影。

下一刻，吳子楊身子一顫，白色的精液飛濺在他的手裡。他似乎射得挺多，黏稠的液體沾染在他的指尖，看上去十分淫靡。

吳子楊重重喘著氣，注視著指尖上的液體，露出自嘲似的笑容。而後，他轉了過去，打開水龍頭清洗自己的雙手。

這瞬間我竟有些同情吳子楊，覺得他有點可憐。

此時強烈的睏倦襲來，我再也撐不下去，於是闔上了雙眸，徹底墜入黑暗。

✦

客廳中的氣氛相當凝重，連透入室內的陽光都猶如被壓抑了一般，蒼白而黯淡。

吳子楊坐在我旁邊的單人沙發上，手中把玩著我的手機，嘴角頻頻勾起淺笑，Eric則是坐在我身側，臉上仍是不帶波瀾的冷漠。

門鈴響起，Eric起身大步走到門口，將門給打開。

林青凡踏進了屋內，他隻身一人，穿著一件長襬的風衣外套，手中抱著一個牛皮紙信封袋。他的右眼以蓬鬆的髮絲稍微遮住，不過劉海底下的繃帶仍隱約可見。

林青凡一進門便用目光四下搜尋，直到看見我，他才略略放鬆下來。

Eric將林青凡帶到吳子楊面前，吳子楊下巴一抬，指示林青凡坐在自己的對面。林青凡冷冷地瞪了他一眼，這才坐下。

吳子楊撐著下巴，用聊天氣一樣的輕鬆語調說：「沒想到你會自己一個人來，你不是跑去和黑道勾結了?還以爲你會多帶一點人。」

林青凡抿了抿雙唇，淡淡地說：「談判破局了。」

吳子楊愉快地揚起臉，「我也覺得你別要什麼花招比較好，不然顧曇就危險了，你說對嗎？」

「你不要得寸進尺了。」林青凡壓抑著自己的語氣，啪的一聲把牛皮信封袋扔在玻璃矮桌上，「你要的合約，簽了就快放人。」

「這是拜託人該有的語氣嗎？」吳子楊挑起眉。

林青凡頓了下，隨後從牙縫裡擠出話：「……拜託，請你簽這份合約。」

「除此之外呢？你就說說而已？」吳子楊漫不經心地說。

林青凡咬緊了牙，接著霍然站起身，面無表情地走到一邊跪下來，把頭抵在地板上，悶聲開口：「求求你接受合約。」

我不忍心去看那樣的林青凡，卑微得像是要沒入塵土。

吳子楊滿意地一笑，拿起牛皮紙袋，從裡面抽出紙張。但一瞧見內容，他的臉色頓時一變，而林青凡迅速站了起來，從風衣口袋中掏出手槍對準了吳子楊的腦袋。

我沒料到會突然看見武器，嚇得跟著站起身，幾乎是在同一時間，Eric也反應過來，他粗暴地扯住我的肩膀，鋒利的小刀抵著我的下巴，帶來冰冷的觸感。

爲了畫好速寫，我也學過一點解剖學，Eric抵住的地方是頸動脈，只要他稍微用力，我的血液就會在瞬間濺滿地面。

場面轉眼失控，無論是誰都不敢輕舉妄動，生怕一不小心就破壞了危險的平衡。過了死寂的數秒，林青凡才望了我一眼，沉聲對Eric說：「放開顧曇，不然吳子楊也要遭殃。」

林青凡的語氣冷靜得嚇人，剛才的低聲下氣蕩然無存，他的身上散發出強烈的危險氣息。

我訝異不已，或許吳子楊是對的，林青凡絕非善類，畢竟如果沒有一點能耐，他怎可能挑起家族的內鬥後又全身而退？他只是從沒在我面前表現出來罷了。

吳子楊嘆了口氣，揚起手中的紙張，「你居然帶了白紙過來，林青凡，也算你有種，耍這種陰招。」

林青凡挑了下眉，「你監禁學長就很光明正大了？」

吳子楊無所謂地笑著，「你先放下槍吧，不要虛張聲勢了，我就不信你敢開……」

他話還沒說完，林青凡就把槍口轉向桌面，扣下扳機。伴隨著子彈發射的煙硝氣味，玻璃矮桌瞬間碎裂，大大小小的碎片落在了地面上，讓我想起自己砸碎玻璃窗的情景。

吳子楊十分驚訝似的看著林青凡，他好像沒見到指著自己的槍口，反而輕輕說了一句：「原來如此，林青凡，你去和黑道談判不是爲了偷取合約，只是爲了弄到這把槍吧？看來你的談判並沒有破局，那你的眼睛怎麼會受傷呢？」

「這是我自己弄的，爲了學長。其他的你不需要知道。」

「你居然願意爲了顧曇做到這個地步，眞是讓我意外。」吳子楊垂下目光，慢慢地說：「我似乎太小看你了，你進來時我該搜身的。」

「你確實太天眞了。」林青凡冷笑。

吳子楊靠上椅背，歪著頭思索，「那你把自己的另一隻眼睛也弄瞎吧，你兩眼都瞎了，我就放人。」

林青凡不以爲然，面無表情地威嚇：「你有沒有搞錯，現在還在和我談條件？我眞的會對你開槍的。」

「那你就開啊！來啊！」吳子楊突然不再壓抑自己的情緒，他從椅子上站了起來，大步走向林青凡，把槍口抵在自己的胸膛，「這十三年來，我等的就是這一刻。殺了我啊，然後這輩子永遠被貼上殺人犯的標籤吧，就跟我當年一樣。」

吳子楊的語氣很冷，眸底的嗜血意味一覽無遺，他盯著林青凡的表情無比認眞，像是眞的期待著林青凡對他扣下扳機。

林青凡顯然沒料到吳子楊會打算玉石俱焚，他皺著眉，神情若有所思。

而我已經受夠了。

看著對立的兩人，我憤怒地喊出來：「你們究竟在做什麼！吳子楊，你夠了吧！林青凡瞎了一隻眼，你也算成功復仇了，難道一定要出人命你才甘心？」

聞言，吳子楊轉過頭來，溫柔地一笑，「抱歉了，顧曇，不管怎麼樣你都快要可以出去了，和你一直希望的一樣。」

隨後，吳子楊再度面朝林青凡，緩緩地張開雙手，簡直是在邀請林青凡動手。

我被氣得不輕，我想掙脫Eric，但他把我抓得死緊。我回頭惡狠狠地瞪他，撂下一句話：「Eric，你要記得，如果今天吳子楊眞的出了事，那你也是共犯之一。快放開我！」

Eric細長的眼底閃過複雜的情緒，似乎有些動搖，可他並沒有鬆手。於是我索性深吸一口氣，把頭往後一靠，毫不猶豫地往Eric的刀刃撞去。

Eric反應很快，他的手收了一下，刀鋒沒有切到我的動脈處，不過還是在我的頸子上劃出一道傷口。溫暖的鮮血沿著肌膚流淌而下，鮮明的刺痛令我皺起了臉，Eric吃了一驚，他平時總是一副毫無波瀾的樣子，流露出情緒時便格外明顯。

吳子楊還在和林青凡對峙，緊繃的氣氛使他們都沒有注意到這邊的情況。Eric困惑地挪開小刀，用粗糙的掌心壓住我的傷口，試圖替我止血，原本冰冷的語氣帶上了一絲波動：「你做什麼？就算你眞的受重傷，小老闆也不一定會讓你走，別傻了。」

「不試試看怎麼知道？」我垂著頭，無力地解釋：「Eric，你聽我說，現在這種情形眞的是你想要的嗎？如果林青凡眞的動手了，這個世界上就會多一個殺人犯，和一具屍體。如果林青凡妥協了，這個世界上則是會多一個受害者，和一位暴君，這個結果到底對誰有好處？」

Eric的目光閃爍了下，不過還是迅速回答：「我受雇於陳家，這是小老闆需要的，我必須幫他……」

「這才不是吳子楊需要的，他需要的是一個能阻止他的人！你在陳家這麼多年，難道覺得發生這種事陳家的人會開心嗎？若是你對吳子楊還有一絲憐憫，那就阻止他！」

說到後來，我忍不住氣急敗壞，顧不得脖子上的傷口隱隱作痛，我對著Eric低吼：「吳子楊救不了自己，我也阻止不了他，現在只剩下你了，你到底有沒有搞清楚狀況！」

Eric的臉部肌肉一僵，只是個細微的表情，我卻讀出了他瞬間的掙扎

我趕緊乘勝追擊，「如果林青凡當眞開槍了怎麼辦？你要帶著吳子楊的屍體回去跟陳家人交代嗎？你可是吳子楊的保鏢，你想清楚！」

Eric靜靜注視著我，按著我脖子的手掌鬆了鬆，以沙啞的嗓音緩緩開口：「所以我才討厭藝術家，有種傲氣，還總是愛說大道理。」

他抓起我的手，讓我自己壓住自己的傷口，叮囑了一句：「用力點，加壓止血。」

我應了一聲，目送Eric往吳子楊那裡走去。此時林青凡手上的槍已微微垂下，槍口不再對著吳子楊，似乎正在盤算其他對策。

Eric就在此刻插入了兩人之間，他看著吳子楊，平靜地表示：「可以了，收手吧。」

吳子楊看上去十分驚訝，顯然沒有料到Eric會來阻止他。然而他的驚訝隨即轉爲惱怒，他瞪著Eric不滿地質問：「你過來做什麼？快回去！」

「抱歉，我之前一直是站在您這邊的，但您這次鬧得太過了，再這樣下去，我會保不住您。要是您眞的出了什麼事，我也不好交代。」Eric幾乎是不帶感情地解釋。

吳子楊對著Eric煩躁地揮手，「你別管這麼多！」

Eric靠近吳子楊一步，一把抓住吳子楊的手臂，用低沉的嗓音說了句：「失禮了。」

下一秒，吳子楊就被翻倒在地，Eric似乎沒有收斂力道，吳子楊的身子貼著地面，手臂關節被劇烈地彎折，極度的痛楚令他扭曲了臉。Eric抽走吳子楊口袋中的手機，隨手就扔給一旁的林青凡，那是我的手機。而林青凡立刻反應過來，伸手接住。

吳子楊想說些什麼，然而Eric只是默默增加了壓制的力道，讓吳子楊疼得僅能悶哼出聲。Eric抬了下眼，對著林青凡說：「現在，你可以帶走顧曇了。這段期間的事情請你忘了，往後不要再追究，也不要企圖回來算帳，否則下次我不保證可以幫你。」

Eric的語調毫無起伏，卻帶著極爲明顯的威脅意味。林青凡自然聽出來了，他也不囉嗦，向Eric點了下頭就收起手機和槍枝，走過來拉住我的手往外走。

大門依舊設有密碼鎖，我一手壓著傷口，一手輸入了密碼。四個數字，是我的生日，也是我在吳子楊心中曾經的分量。

面前的大門應聲而開，林青凡扯著我向外跑去，恨不得盡快離開似的。他帶著我來到停在大門口的轎車邊，二話不說強硬地把我塞進車裡，他自己則迅速坐到駕駛座上。

雖然已經上了車，林青凡卻沒有立刻發動引擎，而是靠了過來審視我脖子上的傷口，焦慮地說：「我們先去醫院，你流太多血了。」

「不用不用，皮肉傷而已。如果眞的很嚴重，我不會還能這樣和你說話。」我想笑一下緩和氣氛，卻不小心拉扯到傷口，痛得整張臉都皺了起來。

林青凡慌得不行，冷汗從他的額角流下，明明受傷的人是我，他卻一副比我還痛的樣子。他脫下外套，將袖子的一角壓在我的傷處，摸了摸我的臉，心疼地說：「學長，你別亂動了。」

「你太緊張了，我才想讓你放鬆嘛。」我無奈地說，而林青凡聽不進去，仍是嚷嚷著要帶我去醫院，我只好順他的意。

林青凡把手機還給我，我盯著已經解鎖的螢幕，這才想起自己的背包還在吳子楊家中，背包裡有我的錢包、鑰匙，速寫本也在裡頭。

不過事到如今，我當然不可能回去拿了，林青凡更不可能會放我回去。林青凡發動了車，我最後還是忍不住回頭望了一眼吳子楊的屋子。

吳子楊佇立在二樓的落地窗邊，那片曾被我砸碎的玻璃如今已經修復，清晰地映著吳子楊的身影。他抓著牛皮紙袋，神情有些落寞。

之後，他將手中的紙袋連同白紙一起撕碎，往空中一撒。紙片透著陽光，在他身周落下，像是翻飛的透明翅膀，又像是秋天飄零的落葉。

那刻吳子楊轉過頭來，我們的視線在半空中交會。

他朝我露出一抹淺笑，那是抹溫柔而平靜的笑容，和我們初次見面時一樣。

這是我最後一次見到吳子楊。

終章　曇花

幾週後，林青凡拆了眼上的紗布。

我陪他去了一趟醫院，看著他把繃帶一圈圈地解下，雖然外觀看起來沒什麼改變，不過他的視力減損了不少。

走出醫院時正值豔陽高照的中午，天氣燥熱，雜亂的蟬鳴在周圍繚繞，微風中夾帶著陽光的氣息和夏季的熱度。

「好熱。」我拉著自己的衣領搧了搧風，瞇起眼說：「我們快回去吧，我已經開始想念冷氣房了。」

「等等，我有個地方想帶學長去看。」林青凡靠向我，想都不想就牽住了我的手。我瞧了他一眼，但沒有甩開，乖乖讓他拉著我走到一輛機車旁。林青凡扔了一個安全帽給我，他自己則跨上機車。

扣好安全帽，我坐到他後方，看著他的後背猶豫了一會，最終還是伸手環住他的腰。

自從回到學校後，我和林青凡之間的關係發生了些變化。林青凡依然常常纏著我，只不過老實了不少，沒再耍些小花招，我則是對於他的親近不再迴避。

連王文強都看出我們的關係改變了，他沒有直接戳破，只是每次都有意無意地在我面前提起林青凡，一副想聽八卦的樣子，讓我很想往他的頭巴下去。

機車在公路上飛馳，迎面而來的風吹散了一絲暑氣。我默默將頭靠在林青凡的後背，他的身上帶著淡淡的薄荷氣息，陽光的溫暖烘得我有點想睡。

就在我快要閉上雙眼時，機車猛地停了下來，林青凡脫下安全帽，興奮地嚷嚷：「學長，你看！我覺得你一定會喜歡這裡！」

我揉了揉眼，慢慢下了機車後環顧四周，腦中頓時一片空白。

這是吳子楊帶我來過的海邊，沙灘一邊矗立著純白的現代美術館，另一邊則是不見盡頭的碧海藍天。

林青凡並不知道這件事，只見他興致高昂地跑過來，拉著我走到美術館旁的陰影處，我還沒反應過來，他就傾身將我抱起，讓我坐到漆成白色的矮牆上。

海風把我的髮絲吹得凌亂紛飛，我回過頭，想起吳子楊帶我來的那天，他飛揚的白色圍巾，和我手中冷掉的烤魷魚滋味。

也許吳子楊是對的，我對他的最後回憶並不美好，可是他的身影會一直擱淺在我的記憶當中，怎樣也趕不走。

林青凡把身子擠進我晃動的雙腿之間，睜著渾圓的烏黑眼眸盯著我問：「學長覺得這裡怎麼樣？」

「很漂亮。」我老實回答。

林青凡眼睛一亮，流露出天真單純的喜悅，他索性直接環住我的腰，邀功似的說：「我意外發現了這裡，一直想帶學長來看看。」

「謝謝你。」我順著他的髮絲，聽著浪潮平穩的拍打聲，隔了一陣子才開口：「你今天怎麼騎車？不開車了嗎？」

「車我賣掉了，我要還這麼多錢。」林青凡抬手比出數字，後面的零太多了，看得我臉色發白。見我表情不對，他趕緊補了一句：「不過我已經還了大部分，只剩少部分還欠著。」

「你怎麼欠了這麼多！」我急得聲音都變了調。

「我被坑了啊。」林青凡無辜地說，「我只是需要一把槍，結果就被黑道獅子大開口，我沒別的門路，只好乖乖交錢了。」

我不知該怎麼反應，結結巴巴地問：「那、那把槍現在呢？去哪了？」

「我還回去了，留在身邊難解釋。」

「你還回去了？」我簡直哭笑不得，「沒人幫你嗎？要是你家願意出手，要還清這筆錢沒什麼問題吧？」

「家裡怎麼可能幫我還？沒打死我就不錯了。」林青凡可憐兮兮地看著我，「吳子楊眞的害慘我了。」

我只能摸摸林青凡的臉，權當安慰。

據說林氏企業前陣子收到了一個牛皮紙袋，裡面裝著幾份文件，上面詳細交代了林青凡幹出的傻事。於是整個林氏企業上下都曉得林青凡爲了一個男人和陳家的小老闆槓上，不僅跑去和黑道談判欠下鉅款，還弄殘了自己一隻眼睛。

不能怪他家的人氣成這樣，要是我家有人幹出這種蠢事，大概早就被我爸媽埋在後院了。

林青凡大著膽子，直接把臉貼在我的小腹上，撒嬌地說：「家裡斷了我所有金援，我還要還債，現在我窮成這樣了，學長是不是該對我負責？不如學長你多畫點圖吧，我替你賣。」

「別亂說，你又不懂怎麼賣畫。」我輕敲了下林青凡的頭，不明白他怎麼能輕鬆地講出這種話。我捧住林青凡的臉，替他撥開額前的劉海，凝視著他受傷的右眼，擔心地問：「還痛嗎？」

林青凡搖搖頭，壞笑了下，「學長，你是不是心疼我了？」

「你還有心情耍流氓。」我輕撫他的眼眶，忍不住碎念：「你怎麼會做出這麼傻的事？」

「學長你還說我，你自己往刀口上撞，難道就不傻了？」

我一時語塞，過了半晌才吶吶地說：「我只是覺得你沒必要這麼做。」

「但我認爲很值得。」林青凡回答得飛快，一副理所當然的樣子，「學長不見的時候，我簡直快瘋了，我這輩子從沒有這麼害怕過，比當家族的內奸時都要害怕。」林青凡深吸了口氣，「如果當時那個保鏢沒介入，我可能就向吳子楊開槍了，或是已經挖出了自己的左眼，我會付出一切代價讓學長回來。」

林青凡的語氣並不激動，其中的執著卻顯而易見。或許他對我的執念早就遠遠超出了我的想像。

我想起吳子楊曾經用「瘋」來形容過林青凡，我過去還把他當成天真小狗狗看待，根本大錯特錯。

林青凡的鼻尖幾乎碰到了我的臉頰，我能感覺到他的氣息。他注視著我的眼眸，嚴肅地說：「學長，現在我已經證明了，對嗎？」

「證明？」我沒反應過來。

「你說過的，要我證明自己喜歡你。」林青凡的眼睛亮亮的，期待在他的眼底閃爍，猶如星辰一般，「我已經證明了，對嗎？」

這一刻，我有些心跳失速，臉頰不禁微微發燙。林青凡總有種本事，能用直球攻勢讓我手足無措。

我心想自己也沒了退路，事到如今還逃避，連我自己都會看不起自己。

「對，你已經證明了。」我點點頭，略帶緊張地說，「既然你履行了自己的承諾，我也該給你一點表示了。」

林青凡訝異地睜大雙眼，而我有些彆扭地繼續說：「林青凡，你知道我這個人挺會鑽牛角尖的，而且脾氣還有點倔。不過既然你到現在都還願意待在我身邊……要不要正式和我交往看看？」

林青凡頓時愣住。

他張大了嘴呆呆盯著我，久久都沒說話。

我忽然不安了起來，像消了氣的氣球一樣縮了下身子，尷尬地補上一句：「如果你不願意的話……」

「願意！當然願意！」林青凡這才回過神，他直接把我拉下矮牆，將我拽進他的懷中，蹭著我的頸子開心地說：「我只是等太久了。」

我鬆了口氣。

天知道他的那句「願意」對我而言，分量到底有多重。

過往的回憶在腦海裡流轉，那些我裝作不在乎林青凡的日子，那些我在陌生男人之中尋找林青凡的夜晚，那些我追逐著林青凡的影子的時刻，其實都只是希望能聽他說出這句話，讓我從此在他身邊停留。

沒想到我們眞的能走到一起。

我以爲自己會感到喜悅，可不知怎麼的，我的腦中一片空白，努力了半天才哆哆嗦嗦地說：「我才是等太久了好嗎……你永遠不會知道……我已經放棄了多少次……」

林青凡又瞪大了眼，「學長你……喜歡我很久了嗎？」

「很久很久。」我悶著聲音，話音帶著幾分委屈，這傢伙竟眞的毫無所覺，「久到我都覺得自己噁心了，我怎麼可以花這麼久的時間暗戀一個笨蛋。」

「對不起，是我沒意識到。」林青凡湊向我的臉，哄人似的說：「但這次我追上來了，也不會再放手了。」

「你說的，你可要守信用。」

「一定。」林青凡親了下我的臉頰，輕聲地問：「學長從什麼時候開始喜歡我的？」

我想了下，忽然不曉得該從哪裡講起，同時又覺得要說明自己的暗戀史挺奇怪的，只好閃躲地說：「說來話長，有機會再告訴你。」

「好，反正我們來日方長。」林青凡的眼神又亮了起來。他捏住我的下巴，小心翼翼地吻了上來，可能因爲緊張，林青凡的嘴唇有點乾。他的吻很溫柔，舌頭探進我的口腔當中，親密的摩娑帶來一陣細小的快感。

這是我們之間第一次接吻，不敢相信我們上了那麼多次床，卻直到現在才唇齒相接。

我閉著眼，林青凡的體溫慢慢升高，骨節分明的手指壓著我的後頸，像是想要用綿長的吻讓我沉淪。情況逐漸有點失控，我感覺到自己的下體發硬，因此在最後一刻趕緊踩了剎車。

我和林青凡拉開一點距離，含糊地說：「等等，剩下的我們回去再說。」

林青凡哼了一聲，表達出他的不滿。雖然不悅，他還是乖乖把手收了回去，抵著我的額頭說：「爲了學長我才忍的。」

就只是這麼一句話，我才剛壓抑住的心跳又在瞬間失速。

我幾乎是被林青凡給拽著回到租屋處的。

一進門我就被扔到了床上，我歪著身子躺在那裡問：「爲什麼來我家？你家的床不是比較大嗎？」

「對，但我想在學長的床上做一次，這樣這邊就會留下我的氣味了。」林青凡一邊說一邊幫我脫掉衣服。

什麼留下氣味？是小狗在宣示主權嗎？

我不禁笑了，任由林青凡扯掉我所穿的衣物。他很快壓到了我身上，貪婪地輕咬我的側臉，還親了下我的眼角。他動情的時候總是如此，克制不住似的啃啃咬咬。

時隔兩年，林青凡的氣息依舊令我悸動，淡淡的，有點薄荷味的清香。我一下子就被撩起慾望，情不自禁地抓著自己堅硬的陰莖搓揉，同時大開著雙腿，邀請林青凡進入。

林青凡咬著我的嘴唇，隱忍地說：「學長還是一樣主動。」

「廢話少說，快進來。」我呻吟著，用發燙的陰莖摩擦林青凡的小腹。我已經等太久了，等到再也忍不了了。

我都準備好了，林青凡卻沒立刻插入，他靠了過來，摸著我的臉問：「學長，你跟吳子楊之間眞的什麼事都沒發生嗎？」

他的語調很輕，卻隱含著某種危險，我的全身細胞突然叫囂起來，爲了林青凡的氣息而興奮地鼓譟。

我吞了吞口水，小心地選擇措辭：「沒發生什麼大事……」

「所以確實有事發生？只是不是大事？」林青凡眼底流轉的光芒頓時沉了下去，溫柔地說：「我不怪學長，我只是想要確認一下。」

他轉眼就把我壓住，溫柔地吻著我的眼角，還伸手摩擦我的分身。

簡單的動作卻令我的慾望燒得更加強烈，我開始低低地呻吟，林青凡把自己昂揚的陰莖抵在我的穴口，輕輕蹭著，「學長，你們到底做了什麼？要是你說這麼多天吳子楊都沒對你出手，我是不會信的。」

「他只是……摟著我睡了一晚而已，眞的。」我連忙澄清。

林青凡拉住我的手，帶到他的臉前，接著伸出舌頭，從我的掌心緩緩往下舔至手腕，隨後把頭靠在我的手上低聲說：「摟著睡了一晚？所以他比我先和學長同床過夜？」

我頓時冷汗直流。

完了，我好像說錯話了，早知道就裝死到底。

林青凡的肉棒插進我的臀瓣之間，他壞心眼地故意插得淺淺的，碰不到點上。我喘著氣，勾住林青凡的頭，「再深點……」

「不要，我還在生氣。」

「別氣了，我現在已經是你的了。」我討好地親了親他的鼻尖。

林青凡的心情稍微好了一點，他放軟語調，安撫著我：「不能這麼快，學長你會受傷的。」

他細碎的吻落在我的胸口和臉上，遺留下一個個柔軟的觸感。

「沒關係……受傷也沒關係，我想要你……」

林青凡的動作倏地停滯，他把手放在我的頸子上，壓抑著聲音：「學長，你這麼說很危險的，我會控制不了自己。」

語畢，他忽然猛地一挺，直接深入我的體內。

我有點疼，於是咬住了牙，但內心卻異常滿足。林青凡的陰莖又粗又硬，我能感覺到他在我體內的每個細小摩擦所帶來的快感和親密。

林青凡緊緊擁住我，宛如要把我和他合而為一，他炙熱的陰莖緩緩在我的後庭進出，帶來極致的歡愉。

結合的快感讓我滿足地呻吟著，我已經許久沒有跟人做愛了，身子變得格外敏感。我忍不住夾緊林青凡的腰側，不想讓他拔出去。

林青凡附在我耳邊，他的氣息吐在我的耳朵上，帶來陣陣酥麻。我努力睜開眼看他，看著那雙我曾經努力找尋的眼眸。

我終於得到他了。

這麼想的瞬間，身體跟著激起一陣小小的顫慄，林青凡的肌膚很熱，他貪婪地咬著我的頸子和胸口，在鎖骨處留下一個個牙印。

我正想說話，林青凡卻冷不防快速動了起來，使我的話語融化成一團含糊的浪叫，他在我的體內瘋狂衝撞，瞄準了敏感點直搗。

沒想到過了這麼久，林青凡依然記得我的身體。我迷茫地睜著雙眼，胡亂親吻他的胸口，舔拭他的乳珠。

壓抑著的慾望爆發開來，一發不可收拾，我仰起自己的身子，迷離地呼喚：「林青凡……林青凡……我喜歡你……」

這句話我忍了好久，久到一旦說出口了，就再也停不下來。

林青凡吻著我的額頭，他似乎被我刺激到了，下半身的挺動越來越猛烈，我感覺自己的腸壁都留下了他的氣息。

林青凡握住我隨時都可能射精的脹硬下體，迅速揉搓了幾下，再加上他插在我後庭的刺激，我敵不住快感，昂著頭把陣陣濁白射了出來。

我整個人癱軟下去，微微顫抖著，林青凡卻不給我休息的機會。他抽出依舊堅硬的下體，讓我翻過身，換了個姿勢從後面再度插入。

剛高潮過的後穴特別敏感，林青凡插入時我低聲悶哼，隨後快感襲來，我的下體又逐漸發硬，連我都沒想到自己的身體可以敏感至此。

我的下體摩擦著床單，昂揚的小頭淫蕩地冒著水，林青凡從後面環住我的腰，挺動了幾下後驀地一次重擊，把所有精液注入了我的體內。

被頂上巔峰實在太舒服了，我緊緊抓著床單，在極端紊亂的呼吸中二度射精。

林青凡喘著粗氣，他親了親我的後背，柔柔地說：「學長，你曾經說過自己內心有個空洞，需要用性愛和繪畫來填補，你記得嗎？」

「記得。」

林青凡把我翻到側面，並在我的身後躺下，肌膚緊貼著我。隨後，他執起我的手，放到唇瓣前輕輕一吻，低聲承諾：「我會加油的，那個空洞我會努力幫學長填上。」

我一下子愣住了，頓時不知該說些什麼好，眼眶居然有點發酸。

林青凡是不會明白的，他曾親手把我拉離了以荒唐性愛構成的夜晚，又親手將我推了回去。

現在他回來了，還承諾不會再離開，我頓時覺得林青凡確實替我撿回了一些碎片，把我的一部分給拼湊回來。

醒來時，我看見林青凡坐在書桌旁的椅子上，外頭的雨聲嘈雜得像一首雜亂的曲子。

我從床上坐起，注意到我的動靜，林青凡靠了過來，摸摸我的髮絲，然後在我的唇角親了一下，溫柔地說：「早安。」

這種親密的感覺不太眞實，美夢突然就成眞了。

這還是第一次林青凡上床後沒給我錢，也沒跟我說謝謝，讓我鬆了一口氣。

我把頭靠在林青凡肩上，感受他的指尖摩娑著我的後頸。我們兩人都沒說話，空間當中只剩下雨水傾落的聲響。

過了一陣子，林青凡才輕聲開口：「我要去上課了，晚餐來我家吃，好嗎？」

我點點頭，林青凡又在我的腦袋一側親了一口，留下柔軟的觸感。他整理了下自己的東西，便離開了我的租屋處。

我翻身下床，套上掛在椅背上的襯衫，並從抽屜裡拿出一張全開水彩紙，抖了抖後，鋪在地上。

這本來是買來備用的紙，不過始終沒用上，放到都有點泛黃了。我準備了一些水彩顏料，蹲在地上就開始塗了起來。

背景是藍色，接著同樣以藍色勾勒出一個人的側臉，但邊界很模糊，幾乎要看不出是個人。然後我依序灑下黑色、血色，濃烈的紫色，反覆地在紙上疊加，畫的中央紛亂覆蓋著無數色彩，最後變成了一團雜亂無章的黑色線條，像一個從畫面正中央擴張開來的黑洞。

我沒有打草稿，就只是發洩情緒似的在紙上畫著。

這幅畫是關於顧寧，關於林青凡，還有關於吳子楊。關於那些對我來說重要的人，關於我的大學時光，和我在這段期間碰到的種種故事。

我久違地想起了吳子楊，在那之後，他整個人徹底消失了，宛如人間蒸發。我試著打開過吳子楊社交媒體的頁面，卻發現他所有帳號都關閉了，就連手機號碼都換了，只有生日那天他送我的手錶留了下來，證明他這個人真實存在過。

林青凡總說吳子楊是逃走了，我卻寧可相信吳子楊是終於放下了恨，打算到一個新的環境重新開始。這次Eric會好好看住他，在吳子楊失控前拉住他。

或許Eric是對的，我就是個理想主義者。

這大概也不是件壞事。

✦

美術系的畢業展覽選在學校裡的某棟玻璃建築中舉行，我的展區位在一個角落，牆面上懸掛著那幅充滿爆裂性色彩的抽象畫，作品名為「自畫像」。

王文強布置完自己的展區後，就跑過來串門子，他詫異地看著我的作品，「你居然選擇了抽象畫，真不像你。」

「教授不是都說了，要勇於嘗試。」我指指那幅畫，「這樣夠有勇氣吧。」

「少來這套，是你最近受到刺激了，所以才畫出了完全不一樣的作品吧？是不是因為林青凡？」

我幾乎當場嘆氣。

王文強平常總是很遲鈍，又不懂得察言觀色，對於八卦卻是異常敏銳。

我沒有要坦白的意思，而是偏著頭，室內奶茶色的燈光映在我們彼此的臉上，「你猜呢？」

「一定是！你們是不是交往了？哇，你要進豪門了啊！就算林氏企業近來規模縮小了，應該還是比普通家庭有錢很多吧，之後記得照顧一下我啊！」王文強拍著我的肩膀，不要臉地拉關係。

「別妄想了，林青凡和家裡鬧翻了，他現在可能比我還窮。」我摸了摸自己的脖子，被刀刃劃過的地方留下了一個小小的傷疤。

王文強的臉頓時垮了，他失望地說：「什麼嘛，我以爲你要飛黃騰達了，認眞期待了很久。」

……當初我是不是瞎了眼，才會交這種朋友？

我轉身想離開，王文強這才意識到自己話說得不對，於是趕緊補了一句：「顧曇，你這樣也好，至少沒有三天兩頭就換男友了。」

「我本來也沒有離譜到三天兩頭就換吧？」我沒好氣地反駁。

「哪沒有？你之前超誇張的。你記得自己交往的第一任男友嗎？才剛同居不久他就被你捉姦在床，你當時直接把對方的衣服和各種家當全從二樓扔下去，我現在想起那個畫面都還會笑！」

「等等，你不……」

「還有，你曾經在交往後還保持開放關係，到處跟別人上床，害得第三任男友大崩潰，你眞的超渣！」

「那是第四任，你別再……」

「對了，還有那個外國黑人！你們才交往一週，對方就突然消失了，都不知道發生了什麼事。你之前的情史根本一段比一段荒謬，林青凡跟他們比起來超優……」

「王文強！你別再說了！給我閉嘴！」我終於忍不住大吼。為什麼要把我的黑歷史全說出來啊！我已經明白自己過去有多荒唐了，再說下去我都想衝去撞牆了。

王文強像是沒看見我難看的表情，自顧自地把手搭到我的肩上，拍了拍我，「所以我這次誠心地恭喜你呀。」

我翻了個白眼，正想把他的手從肩上撥掉，劉弦卻忽然出現在我們面前。他難得將一頭血色長髮紮成了馬尾，看上去清爽不少。

劉弦氣喘吁吁的，眸底醞釀著某種憤恨的不甘，他的目光死死瞪著王文強，幾乎是從牙縫中擠出話：「你鬧夠了沒？到底要不要跟我回去？」

王文強衝著劉弦桀驁不馴地一笑，顯得無所畏懼，「不要，爲什麼我要跟你回去？」

劉弦惱怒起來，「王文強！你再說一次！」

「好啊，我就再說一次。」王文強把手插進口袋，他話說得很慢，彷彿要讓劉弦聽見他的每一個字：「除非你好好道歉，否則我不跟你回去。」

隨後，王文強往展場走廊的另一端走去，劉弦咒罵了一聲，但他沒有離開，反而繼續跟在王文強身邊，看著王文強時，他的憤恨中居然流露出一絲想討好卻不得要領的無措。

那模樣簡直像極了國小男生欺負了喜歡的女孩子，結果對方眞的生氣了，他反而不曉得該怎麼辦了。

我張大嘴巴，接著險些大笑出來。

劉弦啊，沒想到你也有這天！平常欺負我們欺負得那麼開心，這下終於遭到報應了吧！看你怎麼辦！

我的心情大好。

✦

六月，充斥著蟬鳴和烈日的季節，飄落的鳳凰花瓣在地上鋪成一條豔紅的道路。

林青凡垂著頭，無精打采地站在我身邊。

我拿起學士帽，幫林青凡擋住面前刺眼的陽光，輕快地說：「我好不容易才畢業，你也開心一點嘛。」

「我要怎麼開心？我還有一年才畢業，學長卻要去別的地方工作了。學長，我有認識的企業老闆，要不要幫你介紹……」

「不了。」我一口回絕。

我在這方面就是特別倔強，不想依賴林青凡的人脈去輕鬆獲得工作。

林青凡又露出可憐兮兮的眼神，不過我說什麼也不會心軟的。

我扯著林青凡的手，把他拉到美術系館旁的陰涼處，學士服穿起來很熱，我沒拍幾張照就已經滿頭大汗，得找個地方休息。

說來也奇妙，兩年前，我跟林青凡初遇就是在這條走廊上。我還清楚記得他當時的模樣，青澀而靦腆，讓我想起了被人拋棄的小狗。

兩年後，他站在我身邊，同個地方，送我畢業。我無法想像如果那天我們沒有相遇，我的人生究竟會往什麼方向發展。

正當我沉浸在回憶中時，林青凡把手搭上我的肩膀，看著我認眞地問：「學長，那你畢業後會在附近找工作嗎？」

「會，我還挺喜歡這一帶的環境，而且附近滿多文創商圈，找起工作比較容易。」

「那學長畢業後搬來跟我一起住吧。」林青凡語氣眞誠，我一時間無法理解他這番話的意思，只能張大了嘴盯著他。

或許是我的表情太過呆滯，林青凡笑了起來。他吻了一下我的鼻尖，溫柔地說：「怎麼了？露出這種表情。」

「不是……那個……如果你跟一個男的同居，你家人不會有意見嗎？他們已經夠不喜歡你了吧？」

「不會啊，他們早就知道了，畢竟之前那些事都是爲了你鬧出來的。」林青凡聳聳肩，又補充一句：「家裡也早就跟我切割了，公司不會再給我繼承。我看我家人還巴不得我是同性戀，至少不會鬧出一堆私生子，等要分遺產的時候就麻煩了。」

「……看來你身在豪門也眞是不容易啊。」

「所以學長覺得怎麼樣？跟我同居好嗎？」林青凡抓住我的手，臉上神情擔憂，似乎是怕我拒絕他。

我故意不立刻答應，故作爲難地想了想，享受林青凡提心吊膽的模樣，最後才點點頭，笑著說道：「好啊。」

林青凡頓時笑開了懷，他把我拉進懷裡，與他緊緊相依。

我的心跳又開始加速，明明都已經交往了幾個月，林青凡的微小動作卻總能讓我小鹿亂撞。

或許是快畢業了，我再度想起一路走來的磕磕絆絆，如今終於跌跌撞撞地和林青凡走到一起，我莫名地眼眶發熱。

這麼容易被感動，還眞不像我。

我無法解釋這段時間我究竟改變了多少，偶爾我還是會想起顧寧，只不過現在有了林青凡，我知道他會小心地陪伴著我。

偶爾我也會想起吳子楊，我已經許久沒見到他了，可我是眞心地希望他現在能過得好。

抬起頭，鳳凰花的豔色花瓣從頭頂隨風飄落，如赤色的蝴蝶般翩翩起舞。

林青凡在我面前微笑，他的笑容比陽光還要熾熱，牽著我的手緊握著，像是永遠都不會再鬆開。

言語已經形容不出我的感受，我想，我會把這一刻畫成一幅畫的。

（全文完）

番外　染色

第一次見到顧曇學長，是在一個天氣晴朗的下午。

我以爲這種愛玩的人看起來會特別散漫，但學長身上卻帶著一種柔和的氣質。他比我矮半個頭，纖細的身軀套著一件過大的上衣，髮絲染成淺色，眼神乾淨，就像個普普通通的大學生。

我暗暗一驚，學長模樣挺端正，甚至可說是我喜歡的類型，很難想像他會是個沉迷於一夜情的人。

我向學長簡單自我介紹，接著有些緊張地開口詢問：「學長你可以跟我上床嗎？我會付錢給你的。」

學長看著我的目光頓時變得十分詭異，多半是認爲碰上了怪人。他皺著眉，似乎在思索些什麼，我以爲他打算拒絕我，沒想到最後他點了點頭，「行啊，那我們約在哪裡？」

因此，我對學長的第一印象說不上太好，他帶著一種無畏，彷彿和誰上床他都不怕，卻不是因爲他勇敢，只是因爲他不在乎。

學長的床技非常好。

他的身體有種蠱惑人心的魔力，和他做愛時，我的腦中總是一片空白。他十分大膽，往往以近乎失控的張狂勾引我，用魅惑的姿態撩去我的魂魄。他引導我進入他的身體，使我難忍地在他體內衝撞。

有時學長會直接坐到我身上，熟練地挑逗我的感官，性感的眼神一次又一次惹得我失去理智。

學長在性事上似乎抱持著野心，老是像要將我榨乾一般拚命索求，但每次性愛結束要拿錢時，他又顯得異常彆扭。

我和學長之間的距離迅速拉近，不知從什麼時候開始，學長注視著我的目光出現了些微不同，帶著壓抑的炙熱，又宛如參雜著易碎的小心翼翼。

我注意到了，只是我沒放在心上，當時我一心關注著白亦君。

沒多久之後，白亦君狠狠拒絕了我的告白。

失戀的我鬱悶地回到家，拿起酒就猛灌。醉到險些站不起來後，我忽然想起了學長。明明身旁有很多更熟的朋友，在最脆弱的那個瞬間，我卻只想看見學長的臉，想念著他身上的氣味和擁抱。

於是我拿起手機，昏昏沉沉地打了通電話給學長。

那晚之後的記憶相當模糊，我隱約記得學長來了，他看著我的眼神充滿了無奈。我本能地撲倒學長，強硬地插入了他，在原始而狂烈的性愛當中，我不知怎麼的開口喊了白亦君的名字。

學長的眼眸倏地睜大，表情微微扭曲，他眼眶發紅，像是快哭了一樣。之後，學長捧著我的臉，輕聲地說：「你就叫吧，你叫得再大聲白亦君也不會來的，現在是我在這裡，給我好好記清楚了。」

我頓時莫名心疼，學長有點變了，跟我上床的時候，他失去了過去那種漫不經心似的無所畏懼。

我終於明白，學長是在掩飾，他一直都試圖用瘋狂的性愛，去掩飾自己內心的脆弱。學長無助的模樣讓我忍不住抽插得更用力，努力地想要填補他內心的空虛。

在那個荒唐的夜晚後，學長對我的態度越發小心翼翼。我感覺得到，面對我時，他總是如履薄冰，觀察著我每個微小的動作。

而我還來不及弄清楚學長的轉變，就被家裡安排出國念書。這並非出自我的意願，可我沒有選擇權，直接就被轉進了一所位在舊金山的大學。

我花了一些時間適應國外的環境，漸漸地融入當地的大學生活，跟著朋友跑派對和夜店。不出幾個月，身邊混熟的同學們紛紛交了男女朋友，只有我始終維持單身。

或許是我對感情表現得太過漠不關心，有天，一個熟識的同學在夜店中逮住了我。周遭的音樂聲大得驚人，他靠在我耳邊大吼：「林青凡，你不是單身很久？去找個女孩子搭訕啊！」

「沒興趣，而且我是同志。」我毫不猶豫地向他出櫃，舊金山這邊觀念非常開放，我並不害怕坦承自己的性向。

那位朋友愣了下，隨即拍著我的肩，「你怎麼不早說！我幫你介紹啊，我有個同志朋友剛分手，要不要認識一下？」

「不用了。」我的反應依舊冷淡。

「欸，你是怎樣，介紹的也不要，是在搞禁慾？」

「我有個在意的人，我忘不掉他。」我把玩著進夜店時套上手腕的藍色手環，說得很慢。

「誰啊？怎麼沒聽你提過？報個名字，我幫你追。」

「你幫不了的，是之前在臺灣的大學認識的人。」

朋友睜大了眼，滿臉詫異，「你還忘不掉在臺灣交往的情人？都這麼久沒見了，你到底多喜歡他啊？」

「他不是我的情人……我也說不太清楚。」我喝了口啤酒，把朋友的手從肩上撥開，淡淡地說：「我出去吹一下風。」

走出夜店時正值深夜三點，外頭的空氣殘留著淡淡的大麻菸味，一個金髮女孩蹲在街角。她單手撐在電線桿上，不斷地嘔吐著，顯然是喝多了。

我深吸一口氣，不知爲何又想起了學長。

眞要說的話，我和學長應該算是砲友關係，但我總覺得不太對，有種更加深沉的情感連繫著我們彼此，使我反覆地想起他。

我幾乎快忘掉白亦君了，我一直都是這樣，感情來得快也去得快，常一頭熱地栽進戀情，失戀後也抽離得特別迅速。可是學長不一樣，我怎樣也忘不掉他的模樣，我想念他的眼神，他肌膚的觸感，我甚至記得他身體的每個敏感部位。

這一刻我忽然發現，我對學長的身體瞭若指掌，卻對他的內心一無所知。我一瞬間被刺痛了，不禁焦躁起來。

我開始想回去臺灣，回去見學長，無奈家裡的人拚了命地阻止我。

這成了耗盡我耐性的最後一根稻草，我受夠了家族對我壓迫式的嚴密監控，於是逕自買了張機票，不顧他們反對回到原本的學校復學，同時策劃著弄垮林氏企業。

再次見到學長時，我開心得不得了，學長卻格外地抗拒，甚至顯得心情複雜。

學長想和我拉開距離，我當然沒有允許他這麼做。我利用了學長的溫柔，讓他成爲曝光林氏企業內幕的共犯。這麼做很過分，畢竟這對學長來說是相當危險的事，我卻還是把他給拖下水了，只爲了讓自己有個合理的藉口繼續去找他。

學長因此受到了黑道的襲擊，說來也奇怪，在和家族內鬥的過程中，我學會了不動聲色，學會了殘忍，我能夠冷眼看著整個家族分崩離析，卻在聽聞學長受傷後慌了神，自責得像是快瘋了，即使我早有預料。

我告訴學長：「那些傷害你的人，我絕對一個都不會放過。」

後來，我履行了我的諾言，我以家族的名義向底下的黑道施壓，襲擊學長的幾個人我全查了出來，處以私刑，造成學長撕裂傷的主謀更是瞎了右眼。

有人開始偷偷在背後喊我是條瘋狗，我知道，可是並不在乎。我高興著家族內部高層如我所願地大換血，沒有人敢隨便對我指手畫腳了，我終於能夠安穩地回歸校園。

我押好了回校的時間，卻在聖誕節那天看見學長的發文。

想和學長一起過聖誕節的想法瞬間占據了內心，我想都不想就奔出門，傻了似的開車到了學校。跑進校園後，我一邊傳訊息給學長，一邊試圖在茫茫人海中尋找那個讓我心心念念的身影。

我確實見到學長了，但他被吳子楊牽著。原本興奮的心情瞬間直落至冰點，強烈的獨占欲使我險些衝上去把學長拉進懷中，不讓其他人碰他。

那刻我終於明白了，我早已深深愛上了學長。

既然弄清了自己的感情，我也沒什麼好猶豫的了，我要把學長搶過來。

我明白自己追人不怎麼有技巧，基本上只靠三招，死纏爛打、厚臉皮、裝無辜。

我再次利用學長的溫柔，纏著他得到了在學長家過夜的機會，並趁機告白。

學長顯然被嚇到了，他瞪大了眼，整個人都排斥著我的接近，我不禁有些挫折，但我沒打算放棄。

如果試一次不行，那就再試第二次，如果第二次不行，那就試第三次。我會小心翼翼地守在學長身邊，耐心地等，等到他有一天願意接受我。

在我告白後，學長似乎糾結了一個晚上，最後他告訴我：「不要只是說說，用行動證明你眞的喜歡我。」

我很想告訴學長，其實我已經默默爲他做了一些事。我爲了他不顧一切地回來，爲了他弄瞎了一個黑道小弟的眼睛，可是這些事情學長不該知道，骯髒的事由我來做就好。

思索了幾秒，我決定繼續在學長面前當個聽話的學弟，因此我回答：「我明白了，我會證明給學長看的。」

要我證明自己的感情沒有問題，麻煩的是吳子楊的存在。

吳子楊模樣斯斯文文的，身材高眺，戴著一副黑框眼鏡，說話的語氣十分柔和，舉手投足之間透著紳士和優雅。

我卻一見他就討厭。

除了因爲他是情敵，還因爲他身上帶著和我相似的氣息。我早就看透了他，他的溫柔全是表面功夫，虛僞的程度恐怕不下於我。

我的猜想在學長生日當天獲得了證實，吳子楊在KTV中坦承他是當年被我下毒誣陷的陳家孩子，難怪他會如此厭惡我。

我對吳子楊的確產生了罪惡感，只不過那種情緒稍縱即逝。當年我是在家族的逼迫下這麼做的，栽贓他並非出於我的本意，再加上他始終纏著學長，因此我並不打算道歉。

我看似毫無悔意這點顯然激怒了吳子楊，他衝著我的臉就揮了一拳。

我勉強別開頭，但吳子楊的拳還是落在了我的額角。火辣辣的疼痛蔓延開來，疼得要命，我卻樂得險些笑出來。

吳子楊如果不動手，學長鐵定會站在他那邊，可惜他沒忍住。

果不其然，學長立刻跑過來拉開我和吳子楊，一臉氣急敗壞。

後來，我乖乖地聽了學長的話，率先離開KTV。

當時我怎麼樣也沒想到，學長不久之後會從我的面前消失。

吳子楊監禁了學長，放人的條件是林氏企業演藝經紀公司的合約。

我在心底詛咒了吳子楊無數回，恨我就衝著我來，囚禁學長到底算什麼陰損招數？雖然不得不說這招十分有效，學長是我的軟肋，我不得不向吳子楊示弱。

不過這不代表我會一直被他壓著打。

我不打算帶給吳子楊他想要的合約，反而聯繫了黑道，打算用最粗暴的方式解決這件事。

我孤身一人，沒帶任何防身武器便抵達了指定的房間。房內站著幾名身穿西裝的高大男人，還有一位穿著便服的男人坐在長桌旁，他身邊的菸灰缸上擱著一支雪茄，飄散的煙讓房間內充斥著一股淡淡的刺鼻氣味。

男人撐著頭，神態慵懶，我卻下意識地繃緊身子。這人叫做輝哥，在道上還算有名，也是與林氏企業勾結的黑道集團的首領，不是可以隨意招惹的對象。

「林青凡，又是你啊。」輝哥瞇著眼，抬了抬下巴朝面前的椅子示意，沒睡飽似的以沙啞而滄桑的菸嗓說：「坐，你家又有事？」

「不，這次是我個人有事想請您幫忙。」我坐了下來，看著輝哥，「我需要一把槍。」

「你不是以家族的名義過來？有意思。」輝哥直起腰桿，「你要殺人嗎？何必那麼麻煩，委託我們不就可以了，你也不必弄髒自己的雙手。」

「不，我是要救人，而且我自己去就行了，你的手下千萬別跟。」

「很冒險嘛，怎麼回事？說來給我聽聽。」輝哥換了個姿勢撐著頭，他雙眼放光，宛如嗅到血腥味的鬣狗一樣興奮。

我不願向他坦白，所以僅是淡淡回答：「不重要，告訴我，槍能弄到嗎？」

若要說我從權力鬥爭中學到了什麼，那大概就是別相信江湖上的老油條們，他們能爬到這個地位靠的可不是善良。

沒得到想要的答案，輝哥不滿地咂了咂嘴，之後才慢條斯理地說：「能弄到槍。」

「那……」

「但我不想賣你。」輝哥勾起嘴角，神情嗜血，「讓我猜猜，你現在急著去救人，不過你沒有其他門路可以弄到武器，所以才硬著頭皮找上我，對嗎？」

我默不作聲，只是靜靜地盯著輝哥。輝哥伸手按熄了放在一邊的雪茄，冷冷地說：「組裡的兄弟們不爽林氏企業的人很久了，你們需要道上的幫助，卻又瞧不起我們。可惜林氏企業是金主，我不好鬧得難看，可是你就不一樣了，林青凡，這次你不是代表家族過來，脫離了家族，你就只是個做了虧心事不敢讓家裡知道的小毛頭罷了，我沒必要對你有好臉色。」

我思考了數秒，再度開口：「無論如何都不能賣我？」

「也不是不行，但是我要賣你這個價。」輝哥比出一個數字，就算我再傻，也曉得他是獅子大開口。

然而我沒有其他選擇了，討價還價當然也別想，於是我乾脆地說：「行。」

「還有，我要弄瞎你的右眼。」輝哥摸著自己的下巴，「之前我有個小弟因爲你瞎了右眼，對吧？我看就趁這個機會替他討個公道吧。」

我冷聲駁斥：「那是因爲你的小弟動了我的人。」

「誰知道那是你的人？兄弟們也只是在執行你家指派的工作而已，當時林氏家族內部高層還沒洗牌，誰知道會落得這種下場？」輝哥揚起一抹笑，嘲諷地說：「你林大少爺細皮嫩肉的，我看是接受不了這個條件吧，早點回去，別浪費時間了。」

我想了想，沉聲問：「我瞎了就行？你說話可要算數。」

「我還是講義氣的，以前答應林氏企業的那些事，我每項都辦成了，就算我再討厭你，說過的話我……」

輝哥話還沒說完，我就抬起手，將放在桌上的菸灰缸掃到地上。

伴隨著清脆的聲響，煙灰缸碎裂成無數透明碎片，我彎腰撿起一片比較大的尖銳玻璃，輝哥警戒地朝我大喝一聲，站在房間四周的黑衣人立刻全圍了過來。

他們以爲我要攻擊輝哥，我卻反手把玻璃朝自己的右眼刺去。

我故意刺歪了點，沒有命中眼球中央，可鮮血還是頓時湧了出來。

很疼，我緊咬著牙根，強忍住痛呼的衝動。冷汗從我的面龐滑落，汗水混雜著血液在桌上凝成一個個的圓。我摀著眼，把帶血的玻璃往桌上一扔，太過劇烈的疼痛使我全身顫抖，半晌才擠出一句：「公道討回來了，輝哥，你可要說話算話。」

輝哥愣了下，緊接著拍桌大笑起來。他像聽到了天大的笑話般狂笑不止，幾乎要喘不過氣，最後才拍著手，滿意地說：「好啊！林青凡，沒想到你還眞幹得出來，我欣賞你。有沒有考慮來替我工作？我收你當小弟。」

「別廢話，給我一個答覆，槍你能不能幫我弄到手？」我顧不得自己的語氣，不耐地吼。

「給我幾天時間，東西我會叫小弟送到你家。」輝哥扶著額，又笑了起來，這次甚至笑到開始咳嗽，半晌他才拍拍自己的胸口，「林青凡，你給我提供了這麼棒的娛樂，我當然必須答應了。」

我沒再回應，聽見成交後就猛地起身，往外狂奔。

輝哥沒攔我，他的大笑再度在我的背後響起。

我拚了命地跑到大樓門口，衝到馬路上。外頭陽光亮得刺眼，我使勁壓住右眼，止不住的血仍是沿著臉頰和手臂不斷滑落，血淋淋的模樣嚇壞了路人。

我背靠著一間商店的牆面，緩緩地滑坐在人行道上，拜託路人爲我叫救護車。隨後，我就呆呆地坐在原地，等著醫護人員抵達。

我抬起頭，用僅剩的一隻眼睛望著藍天，眼窩痛得近乎失去知覺，我卻忽然笑了出來。

吳子楊大概不會想到事情會變成這樣吧，他要和我鬥還太早了，論起對學長的執著程度，他恐怕連我的一半都不到。我花了這麼長的時間摸索自己的感情，回過神來時已經深陷其中，我無法回頭。

除了把學長奪回身邊，我沒有第二條路可以選。

和吳子楊約定的日子很快就到了，我一早就起來做準備。

手槍被我放在左邊的風衣口袋中，吳子楊看似精明，但也許是因爲自己占據著優勢，他對於細節有些疏忽。我上次去他家的時候，他沒進行搜身，這次多半也會如此。

帶著一只裝了白紙的牛皮信封，我再度踏進吳子楊的家。一開始計畫十分順利，吳子楊發現自己被我騙了的同時，我的手槍也對準了他。

而學長則是被吳子楊的保鏢架住了脖子，雖然我擔心學長，卻不怎麼意外會發生這種情況，一切都還在預料之中。

不過，接下來的發展就不太對勁了，吳子楊望著我的槍口，一點也沒有害怕的表情，反而顯得期待。他靠上椅背，歪著頭思索了一下，慢悠悠地說：「那你把自己的另一隻眼睛也弄瞎吧。」

我冷漠地回擊，「你有沒有搞錯，現在還在和我談條件？我眞的會對你開槍的。」

「那你就開啊！來啊！」吳子楊大步走向我，把我的槍口抵在自己的胸膛，「這十三年來，我等的就是這一刻。殺了我啊，然後這輩子永遠被貼上殺人犯的標籤吧，就跟我當年一樣。」

我的頭頓時痛了起來。

他做這種事到底對誰有好處？

我停下動作，想著也許可以先廢了他的雙腿，阻止他的行動，但我不確定這樣學長會不會受牽連，眼下的狀況確實難辦。

我緊抿著唇，又思索了幾秒，考慮著是否該暫時休戰，重新談過條件。如果吳子楊再不答應，那我只好跟他硬碰硬了，無論用什麼方法，我都一定要把學長帶走。若是讓他繼續待在吳子楊家，難保不會出什麼事。

此時，出乎意料的事情發生了。

吳子楊的保鏢突然鬆開學長，大步走了過來，三兩下將吳子楊壓制在地。

保鏢語氣平板地對我說：「現在，你可以帶走顧曇了。這段期間的事情請你忘了，往後不要再追究，也不要企圖回來算帳，否則下次我不保證可以幫你。」

我險些大笑出來，沒想到吳子楊最後會栽在自己人的手上，簡直大快人心。

我二話不說，馬上牽起學長的手往大門口走，大門設了密碼鎖，當學長伸手解鎖時，我注意到了，密碼是學長的生日。

吳子楊終究喜歡著學長，我當著他的面帶走學長，他肯定很恨吧。

這是第一次，我對吳子楊產生了憐憫，他生命中重要的事物都被我一一奪走。他的家庭被我給毀了，無憂的童年也被我抹殺，現在就連學長都被我從他的身邊帶走。

我無法原諒吳子楊傷害學長，但我好像稍微理解了他這個人，理解了他那些深藏在心裡的悲哀，我甚至不禁有些後悔自己曾對吳子楊那樣殘忍。

我居然開始希望，吳子楊的未來能夠好過一點。

在我拆下眼上紗布的那天，我和學長終於確認了彼此的心意，我們順理成章地在一起了。吳子楊囚禁學長的事反而幫了我一把，若非如此，天知道學長還要多久才會接受我。

正式交往後，學長沉穩了許多，他的身上少了我們初見面時的那種無所畏懼，多了一點對我的依賴。

畢業後，學長便搬來和我住在一起。我失去了家裡的金援，學長也剛出社會，我們兩個都窮得要命，住不起寬敞的高級公寓，只能租狹小的套房。

學長搬進來的那天，天氣正好，我替學長把一箱箱衣服搬到我們的房間裡。他的東西很多，堆疊起來的箱子讓臥室中幾乎沒了走路的地方。

學長坐在其中一個箱子前方，整理了下裡頭的畫具，陽光映著他的側臉和髮絲，使他帶著一種透明感。學長抬起頭，看著我說：「抱歉啊，東西這麼多，我都捨不得丟。」

看來他是個念舊的人。

我在他身邊蹲下來，用手指輕輕摩娑他的後頸，靠過去親了親他的額頭，「沒關係，等手頭寬裕點了，我們就搬出去，租大一點的地方給你放東西。」

學長笑了，「現在說這個還太早，更何況在這裡挺好，不用急著搬也無妨。」

「這話的意思是……只要跟我在一起的話，住哪你都願意嗎？」我的眼睛發亮，興奮地追問。

「我可沒這麼說，你不要擅自超譯。」學長否認。

他不擅長說情話，也不擅長說出自己的感受，直到最近我才知道，他喜歡我很久了，久得像個傻瓜一樣。

但即使學長不講出口，我也能從他柔軟的目光和對待我的親暱動作感覺出來，他無比熾烈地喜歡著我。

我捧起學長的臉，溫柔地讓吻落在他的鼻尖和側臉，不知不覺間，我就將他壓在了房間的木地板上。

我的動作漸漸大膽起來，把手探進學長的褲子，一邊摸著他的臀瓣，一邊舔舐學長敏感的耳垂。

學長的耳垂立刻染上了粉色，我趁機抓往他的陰莖，用力地摩擦頂端，學長的身體一震，下身迅速發硬。

不管多少次，我總能在短時間內令學長失去控制，這讓我十分的有成就感。我滿意地扯下他的褲子和內褲，同時撩起上衣，細細地撫弄著他粉色的乳首。

學長瞧了我一眼，眼神帶著撩人的眷戀，我的慾望一下子就被點燃了。我湊過去吻著學長的唇，啃咬著說：「你這種眼神不准給我以外的人看，知道嗎？」

學長點點頭，乖巧的模樣可愛至極。我撫弄他下體的速度不禁加快，學長在我的掌控下發出淫靡的細小嬌喘。此時我也不再忍耐，解開自己的褲頭將堅硬的下身抵在學長的穴口。我沒有馬上插入，反而只是在後穴淺淺地逗弄，學長不自覺地開始扭動身體，臉龐都染上了發情的春色。

不久，學長終於斷斷續續地開口問：「你……在幹麼……」

「沒事，我就想再逗逗你。」我親吻著學長的胸口，低聲說道：「你眞好看。」

學長頓時漲紅了臉，像個沒談過戀愛的青澀少年。

我扶住學長的腰，將陰莖插進後穴當中。緊緻的腸壁帶來的摩擦異常舒服，快感直往我的腦門衝。

學長的手緊抓著我的背部，口中發出淫靡的浪叫，腰都軟了下去，我明白他後穴的快感正隨著撞擊的次數不斷積累，將他往高峰推去。

我環住學長的身子，嘴裡含糊地說：「學長……你好棒……」

學長回答不了我，所有話語都融化在他的口中，變成一波波的叫聲。

他渾身的肌膚因爲劇烈運動而遍布淡淡的粉色，他激烈地喘息，扭動腰肢想要讓我捅得更深一些，使我們合而爲一。他的雙腿纏上我的腰，我們像交纏的蛇一般彼此擁抱，學長的甬道隨著他的興奮而收緊，差點讓我繳械。我狠狠地抽插，學長好幾次險些被我頂得挪位，不過都被我給拉回來了。

隨後，我換了個角度，往學長的前列腺直頂，他的聲調開始變化，彷彿要喘不過氣來一樣，肉體碰撞的聲音充斥了整個空間。

「學長，這樣舒服嗎？」我咬著學長的耳朵問。

還來不及回答，學長的精液就一下子全湧了出來，他不斷顫抖，白皙的身軀在我的面前打開，猶如一朵盛開的曇花。他的下體宛如不會停下似的不斷吐出液體，過度強烈的快感使他終於支撐不住身軀，整個人無力地軟倒下去。

我把學長壓回地上，他高潮時突然收緊了後穴，快感讓我徹底失控，我又使勁地在學長體內迅速抽插，最後拔了出來，射在學長的小腹上。

學長還沉浸在高潮的餘韻當中，一時沒辦法起身，於是我抽了幾張衛生紙，替他擦拭身上的狼藉。

我想再次將學長抱緊，手臂動了下，卻不小心碰到堆在旁邊的紙箱。伴隨著碰撞的聲響，幾個箱子翻倒在地。

我回頭瞧了那些箱子一眼，隨後撐起身，把掉落出來的物品一一放回箱內。

在整理的過程中，我發現了一個十分有質感的黑色盒子，我對那個外觀再熟悉不過，那是名錶的外盒。我從沒見過學長戴名錶，因此好奇地拿起來搖了搖，「學長，你什麼時候買了名牌錶？我都沒看你戴過。」

學長用餘光瞥過來，猶豫了幾秒後才說：「不是我自己買的，那是吳子楊給我的生日禮物，看上去很貴的樣子，我捨不得丟掉。」

聽見吳子楊的名字，我不禁臉色一沉。

學長觀察著我的表情，低聲問道：「你生氣了？氣我把這個留下來？」

「不是，我不氣你，我氣自己。」我嘆了口氣，把錶放回箱子，「我只是想到，當初你被吳子楊囚禁的時候，我應該有更好的方法能把你救出來，只是我被怒氣沖昏了頭，才害你委屈了。」

學長搖搖頭，輕聲地說：「不是你的問題。」

我轉過身，將學長摟進懷中，蹭了蹭他的頸窩。唯獨在學長面前，我才能找回一點過往那種不經世事的天眞。

這幾年以來，我也變了不少，我不再像初見面時一樣青澀，學長也沒了當年的玩世不恭。事過境遷，唯一不變的是學長依舊待在我身邊，這麼說起來還眞有幾分浪漫。

柔軟的情緒充斥了我的胸膛，我忍不住輕咬學長的頸子，在上頭留下一道淡淡的粉色吻痕，放軟了聲音說：「我愛你。」

學長的身子明顯顫了一下，接著伸手緊緊抱住我，深呼吸了幾次後，慢慢地說：「我也愛你。」

學長很少這樣直接告白，我開心地笑了。我想就這樣一直擁抱著學長，在他的身上留下我的顏色。

我想學長也是一樣的。

後記　在故事之後

大家好，這裡是依讀，沒想到能與各位再次在後記見面。

明明不是第一次寫後記了，我卻依舊不知道該寫些什麼。我會怎麼湊到指定字數呢？就讓我們繼續看下去吧。

《染上你的顏色》是我從幾年前就開始撰寫的故事，然而我一直沒有成功填坑，要不是編輯替我把這個故事撿了回來，並且鼓勵我嘗試把故事加長，現在就不會有這篇後記了。

回頭一看，這竟然變成了一個有關約砲、黑化和家族內鬥的校園故事，原本只是想寫個甜文短篇的我十分困惑，到底是從哪裡開始走歪的呢？

說起來顧曇是個陪伴我很久的角色，寫下這個人物時，我正好遇到了人生中很大的變故。說顧曇是因悲劇而誕生的角色也不為過，所以我格外慶幸他最後面對了自己的過去，慢慢走出了傷痛。

而最令我頭疼的角色就是林青凡了，一開始以為他只是個單純的犬系大學生，誰知道他後來越走越偏，林青凡你不要這麼失控啊！

有段時間林青凡的個性令我相當的苦惱，還好編輯花了許多時間和我討論，最後才讓我釐清了他的想法和性格，真的很感謝編輯的幫忙。

至於吳子楊，他的出現純粹是個意外。這人突然闖入故事裡面，而且一來就不走了，任性得不行。

其實我從未將吳子楊視為壞人，比起惡人，他更像是林青凡的倒影。只不過林青凡要比吳子楊幸運，所以他們兩人才會迎來不同的結局。

如果要我想像他們未來的故事，那顧曇八成會是個美術老師，平時在畫室教教學生，假日就接接家教。林青凡則憑著一己之力開了間小公司，和顧曇穩定地生活在一起。至於吳子楊則是轉了學，花了很久的時間忘卻顧曇，並重新找回了愛人的勇氣。總之，他們每個人都擁有了不同的人生目標，在各自的世界中都過得挺好，不再需要我的操心。

最後還是要慣例地進行感謝。感謝POPO城邦原創願意出版這部作品，感謝繪師Gene繪製的美麗封面，當然還要感謝我的責任編輯思涵。這個故事大修了好幾次，每次思涵都提供了非常有幫助的建議。也謝謝她願意相信我，讓我反覆完善這個故事，給編編比心！

希望大家能夠喜歡這次的故事，也希望我能繼續開開心心地寫下去。我們有緣下次見！

依讀

國家圖書館出版品預行編目資料

染上你的顏色／依讀著. -- 初版. -- 臺北市；城邦原創出版：家庭傳媒城邦分公司發行, 民 109.10
面；　公分

ISBN 978-986-99411-2-9（平裝）

863.57　　109015845

染上你的顏色

作　　者／依讀
企劃選書／楊馥蔓
責任編輯／陳思涵

行銷業務／林政杰
總 編 輯／楊馥蔓
總 經 理／伍文翠
發 行 人／何飛鵬
法律顧問／元禾法律事務所　王子文律師
出　　版／城邦原創股份有限公司
台北市中山區民生東路二段 141 號 6 樓
電話：(02) 2509-5506　傳真：(02) 2500-1933
E-mail：service@popo.tw
發　　行／英屬蓋曼群島商家庭傳媒股份有限公司城邦分公司
聯絡地址：台北市中山區民生東路二段 141 號 6 樓
書虫客服服務專線：(02) 25007718・(02) 25007719
24小時傳眞服務：(02) 25001990・(02) 25001991
服務時間：週一至週五09:30-12:00・13:30-17:00
郵撥帳號：19863813　戶名：書虫股份有限公司
讀者服務信箱 email：service@readingclub.com.tw
城邦讀書花園網址：www.cite.com.tw
香港發行所／城邦（香港）出版集團有限公司
地址：香港灣仔駱克道 193 號東超商業中心 1 樓
email：hkcite@biznetvigator.com
電話：(852)25086231　傳眞：(852) 25789337
馬新發行所／城邦（馬新）出版集團 Cité(M)Sdn. Bhd.
41, Jalan Radin Anum, Bandar Baru Sri Petaling,
57000 Kuala Lumpur, Malaysia.
電話：(603) 90578822　傳眞：(603) 90576622
email:cite@cite.com.my

封面插畫／Gene
封面設計／Gincy
印　　刷／漾格科技股份有限公司
電腦排版／陳瑜安
經 銷 商／聯合發行股份有限公司
客服專線：(02)2917-8022　傳眞：(02)2911-0053

■ 2020 年（民 109）10 月初版　　Printed in Taiwan

定價／270元

城邦讀書花園
www.cite.com.tw

ISBN　978-986-99411-2-9